中华传统美德教育丛书

立志篇

LIZHIPIAN

编著⊙夏新

长江出版传媒 | 湖北教育出版社

(鄂)新登字 02 号

图书在版编目(CIP)数据

立志篇/夏新编著.
—武汉:湖北教育出版社,2012.9(2020.11 重印)
(中华传统美德教育丛书)

ISBN 978-7-5351-1839-4

Ⅰ.立…
Ⅱ.夏…
Ⅲ.历史-故事-中国
Ⅳ.I247.8

中国版本图书馆 CIP 数据核字(95)第 10859 号

ZHONGHUA CHUANTONG MEIDE JIAOYU CONGSHU LIZHI PIAN
出版发行　湖北教育出版社
邮政编码　430070　　电　话　027-83619605
地　　址　武汉市雄楚大道 268 号
网　　址　http://www.hbedup.com
经　　销　新　华　书　店
印　　刷　天津旭非印刷有限公司
开　　本　710mm×1000mm　1/16
印　　张　9.25
字　　数　150 千字
版　　次　2012 年 9 月第 2 版
印　　次　2020 年 11 月第 5 次印刷
书　　号　ISBN 978-7-5351-1839-4
定　　价　17.00 元
如印刷、装订影响阅读,承印厂为你调换

序

我们的国家是一个有着五千年悠久历史的文明古国。在漫长的历史长河中,中华民族的一代又一代人,用自己的聪明才智,创造了辉煌灿烂的历史文化,形成了极为丰富的中华传统美德。

这些美德曾经在我国社会历史发展过程中凝聚、教育和鼓舞了中华儿女,成为中华民族生存、发展的强大精神力量。这些宝贵的精神财富,例如在个人品德中的崇高志向、刚直正派、诚实守信、自强不息、节俭不奢、经挫不馁,在处理人与人关系中的尊老爱幼、邻里互助、扶困济贫、舍己为人,在社会公德中的敬业守职、尊师重教、奉公守法、礼貌谦让,在政治品德中的勤政爱民、秉公执法、自尊自强、爱国御侮等,时至今日仍然强烈地渗透在现实生活中,对人们的思想、行为起着不可忽视的重要作用。

中华传统美德是在长期的历史实践中逐步形成的,是社会主义思想道德的重要组成部分。毛泽东同志曾经说过:“我们是马克思主义的历史主义者,我们不应当割断历史。从孔夫子到孙中山,我们应当总结,继承这份珍贵的遗产。”因此,加强对中华传统美德的研究,对中华儿女进行传统美德教育,是社会主义思想道德教育的一项重要内容,也是推动社会主义精神文明建设的有效途径。

青少年是祖国的未来和希望,肩负着建设社会主义现代化强国这一光荣而艰巨的历史使命。对他们来讲,了解中华民族的传统文化和美德不仅能帮助他们塑造优秀人格,而且有助于他们树立正确的理想、信念和人生观、价值观，把他们培养成为有理想、有道德、有文化、有纪律的社会主义事业接班人。这既是广大教育工作者的重要职责，也是社会各界的共同责任。

为了加强对青少年的思想品德教育，让广大青少年了解和熟悉中华传统美德，湖北教育出版社的同志提出了编辑出版《中华传统美德教育丛书》的选题，并具体组织了这套丛书的编撰工作。

这套丛书由一批长期从事青少年教育工作的同志撰写。他们经过调查研究，密切结合当前的实际和青少年思想品德教育的要求，在从上古到辛亥革命的历史跨度里，以中华民族的传统美德为主线，分10个专题，选择对青少年有教益、可读性强的人物故事，分别集结成册，并配以生动活泼、富于智慧的阅读提示，精心构思和编写了引导青少年思维发散和提升的“动脑筋”内容，以事论理，以情动人，全面、系统地介绍了中华民族传统美德的精华。

我相信，这套丛书将对青少年，尤其是中、小学生，在了解中华民族传统美德的基本内容，增强他们的民族自豪感和自信心，提高思想道德素质等方面必将起到很好的促进作用，也会对学校的思想品德教育产生积极的影响。

王重农

目 录
contents
立志篇

有志者 事竟成

地球上从生物诞生、进化到现在已有亿万年,在这漫长的岁月中少说也产生了千百亿人,然而真正流芳百世、名垂青史的又有几人呢?蒙昧蛮荒时代,留有英雄传说的如神农氏、尧、舜等,实在是少而又少。文字记载的文明产生以后,人类中的杰出者,如思想家、文学家、科学家、军事家,在史册上留下美名的仍寥若晨星。大多数人则是呱呱而来,默默而去。同为高等动物,同在地球匆匆一旅,为何 有人壮烈有人平常,分野如此迥异?其中原因之一恐怕就是有无远大志向了。

什么是志气或志向?古人认为:"在心为志",志者"心之所立也",就是说,志向是人生确定的目标,是实现理想的决心,是事业的起点,是前进的灯塔,是克服困难、战胜险阻、走向成功无穷无尽的力量之源。

人是万物之灵,灵在哪里?灵在能思考和有志向。若浑浑噩噩,饱食暖衣,逸居无教,行动失方,那与动物又有什么差异?孟子说过:"人若无志,与禽兽同类。"千百年来在斑斓的历史画卷上,多少豪雄英杰,志士仁人,有的著书立说,有的革新政治,有的发明创造,有的杀敌保疆,他们所处的时代不同,所作的事业也不同,但有一点相同:成大事者必有大志。国外有一位学者曾说:"立志、工作、成功,是人类活动的三要素,而立志是事业的大门"。我国明代哲学家、教育家王守仁也有同感:"志不立,如无舵之舟,无衔之马,漂荡奔逸,终亦何所底乎?"宋代文豪苏轼说得更明白:"古之立大事者,不唯有超世之才,亦必有坚忍不拔之志"。

纵观史册,确实如此。孔夫子"十有五而志于学",创立了儒家学说,绵延两千多年，成为影响中国和世界的大思想家；越王勾践，立志复国，卧薪尝胆，十年生聚十年教训，终于灭吴；秦国六代之君志兼天下世代相传，才有秦始皇扫六合而吞八荒，成千古一帝；汉代司马迁被处宫刑，仍立志要“究天下之际，通古今之变，成一家之言”，才有《史记》这部“史家之绝唱，无韵之离骚”的奇书；李白立志读万卷书行万里路，才有斗酒诗百篇，诗文万古传；苏轼屡遭贬谪，身处逆境，仍著文吟词抒志，开辟豪放词风，并跻身唐宋八大散文家之列；一代伟人毛泽东在湖南乡村那条小山沟里读《盛世危言》，深为祖国担忧，立志“改造中国与世界”，“自信人生二百年，会当水击三千里”，从韶山冲走上了天安门，才有中国现代革命史上一幅幅威武雄壮的英雄画卷，才有共和国的诞生和崛起。古往今来，风流人物，不唯奇才，皆有大志。

“非学无以广才，非志无以求学”，青少年一代是祖国的未来和希望，振兴中华实现四化的大任历史地落在我们肩上。要想不辜负党和人民的殷切期望，为祖国作出自己的贡献，一定要早立大志。

立志也有个讲究，须合天时地利，若要长江倒流、日出西山，必然劳而无功。若为谋得个人一点蝇头小利或斗室之奢、乌纱之渺，必是小家子气，难成大气候。志向，唯有与社会发展、祖国昌盛、人民幸福相连，个人价值寓于历史步履，才能显得天高地阔，维系千钧，才能时势造英雄，天地助成功。古今豪杰，莫不如此。

人贵有志，但有了志向也并非万事大吉、立等可取，而需要脚踏实地，始终如一，为之搏击进取，才能将宏愿化为现实。

志向和理想是光辉耀眼的，而通往志向的道路则常常是崎岖、曲折、暗淡的。故实现理想、志向，须具有多重品质：一要韧，坚持不懈，孜孜不倦，奋斗不止。曹雪芹写《红楼梦》，“满纸荒唐言，一把辛酸泪”“字字看来都是血，十年辛苦不寻常”。李时珍著《本草纲目》更痴痴奋斗了27载，方绳解木断，水滴石穿，终有所成。二要刚，要经得起挫折、失败、意外、痛苦的磨炼和考验。瑞典人诺贝尔为了发明TNT炸药，经历了百余次失败，曾被炸得血迹斑斑；德国人埃尔利希为了治疗锥体虫引起的昏睡病，经过606次实验才发现砷的一种化学物——606。孙中山先生云：“吾志所向，一往无前，愈挫愈奋，再接再厉”，才有1911年辛亥革命的成功。三要专，要专向还要专心。“无冥冥之志者无昭昭之明，无惛惛之事者无赫赫之功。”专心致志，才能心想事成。若耐不住寂寞，既想“下海”发财，又想舞厅潇洒，又想事业有成，这样的事古今未尝闻也。四要勤，“三更灯火五更鸡，正是男儿读书时，黑发不知勤学早，白头方悔读书迟”“少壮不努力，老大徒伤悲”。少年时光，尤为宝贵，勤奋刻苦，奠下一生才学基础，犹如站到了起跑线上，随时有望夺得金银铜牌。若一日曝之，十日寒之，逸豫懒散，则是学问的大忌，成才的障碍，久于此，天下无可成之事。五要不怕苦，有志者如披荆斩棘，艰苦、险峻，单调、寂寞、嫉妒，诸多干扰一齐袭来，既有生活苦又有内心苦，要挺得住想得开，水拍云崖暖，乌蒙走泥丸，有这种气度、胸怀、境界，方能劈波斩浪，一往无前。穷儒蒲松龄有言：“有志者，事竟成，破釜沉舟，百二秦关终属楚；苦心人，天不负，卧薪尝胆，三千越甲可吞吴。”只要如此，何愁志不达，事不成？

青少年朋友们，你们是八九点钟的太阳，愿你们胸怀宏伟抱负，树立远大志向，“大鹏一日同风起，扶摇直上九万里”，在未来那深邃而广阔的时空中搏击翱翔吧！

有志者，事竟成！

吾十有五而志于学

阅读提示

俗话说，穷人的孩子早当家，其实，穷人的孩子也早懂事。一个男孩父亲早逝，姐弟十口只能靠母亲一双手养活。母亲因过度操劳而衰老，孩子也就过早地挑起了生活重负，与母分忧，饱尝了人间艰辛。这孩子有一天扑通跪在母亲面前说："妈，我要做个有志气的人，有出息的人，来报答您的养育之恩。"有什么能比这句话更能慰藉母亲那颗苍老的心？然而他真有志气和出息吗？请你读读下面这个故事吧！

讲故事

公元前551年春天的一个黎明，旭日东升，霞光遍地，在鲁国陬邑昌平（今山东曲阜东南）乡间一所大房子里，一个白白胖胖的婴儿呱呱坠地了。孩子的父亲叔梁纥是当地有名的武士，因曾求神赐子于丘尼山，就给孩子取名孔丘，字仲尼。老来得子，叔梁纥好不快乐！

谁知孔仲尼很小的时候，年迈的父亲就因病去世，孔家的生活一下子艰难起来。孔子有9个姐姐，还有一个瘸腿哥哥，仅靠母亲颜氏一双手如何养得活这一大群孩子？颜氏只得起五更睡半夜，累得伸不起腰，双手又粗又糙，脸上布满皱纹。生活的担子太重了，可是颜氏还有另一种精神重担，这就是乡邻的歧视，十兄妹在外面常遭人白眼、讥讽，甚至挨打受气。颜氏看在眼里，苦在心头，常暗暗落泪，不得已，举家迁到了曲阜城内。

搬入城内后，孔家生计依旧艰难。单靠母亲劳作，生活是无法维持的，姐弟们就商量着分担责任。十来岁的孔丘十分懂事，到处找事做，为母分忧。有一户人家的一群羊要人放牧管理。他自告奋勇地去了，每日一大早把牛羊赶上山，夕阳西下时又把吃得肚皮滚圆的羊群赶回来，十分尽职尽责。他还学过其他技艺，从事过多种职业。

虽然生活如此贫苦，颜氏对子女教育并未放松，她要求子女们读书识字，做一个懂礼教、有学问的人。当时鲁国是周公的封邑，是春秋时期文化的中心，列国贵族诸侯常到鲁国来“观礼”。因为周室东迁后，周朝典章礼仪在它地已不复存在。孔子自幼就受到西周传统文化礼仪的熏陶，对周礼特别感兴趣，少年时代就知道“陈俎豆，设礼容”。在母亲教导下，孔丘好学不倦。母亲讲的一段文章或一部书，他一定要背得滚瓜烂熟才歇手，而且爱动脑筋，提些大人费思考才能回答的问题。艰苦的环境磨炼，使他的意志特别坚强，无论是在牛背上、田地里还是艺业途中都没有忘记母亲的教诲，总是克服困难坚持挤时读书。孔丘越读想得越深，看得越远，越读越懂事。

公元前536年的一天，孔丘突然走到母亲面前，双膝跪下说道：“儿今年15岁了，可知识学得太少，此生定要精通六艺，做个大学问家，今日特明志……”母亲听后，热泪盈眶，连忙扶起儿子。从此孔丘更加发奋了，书册上拴竹简的牛皮筋常在翻书时磨断。两年后母亲因过度操劳去世，家境愈益艰难，可是任何困难也休想阻止住孔子求学成才的步伐。

经过十多年的坚韧不拔的刻苦钻研，到30岁时，孔子对礼、乐、射、御、书、数六艺无一不精，已成为鲁国有名的大学问家了。

有了学问就应该献身社会，造福百姓。孔子看到各国礼崩乐坏，周朝之制不复存在，希望恢复西周典章礼制，让人民在周礼中其乐融融地生活。他想通过从政做官的道路来实现克己复礼的愿望。他认为自己是一块美玉，“求善贾而沽”，可在仕途上并不得志，直到公元前501年他50岁时，才被鲁定公委任为中都宰，第二年又当了司空（掌管工程建筑的官吏），后又任司寇（管刑狱之事），到55岁时代理过宰相职务。前后共做过5年官，虽职务不低，但因鲁国国君无能，孔子的抱负无法施展，后愤而辞官离开鲁国，带着他的学生周游列国去了。

大约从20岁起，孔子便开始从事教育活动。这是他一生功绩的主要方面。他是我国私学的创始人，开办过规模宏大的私学，提出了“有教无类”的主张，就是说，不分贵贱、贫富、地区差别，人人都有受教育的权利。他的学生不仅有鲁国人，还遍及齐、卫、吴、陈、宋、楚、晋等国，甚至秦国青年也慕名而来，一时间，门庭若市，共有三千人之多。还有父子同来的如颜回和父亲颜路，曾参和父亲曾皙。他们来自不同的家庭，有贵族、地主、商人，也有从事生产的和出身奴隶家庭的，只要有志于学并送孔子10斤干肉他就收留。大家在这里不分尊卑贫富，平等地学习和生活着。

孔子常在家中或在大树之下讲学，不辞劳苦，诲人不倦。有一次曲阜被乱兵包围，一连7日，粮食断绝，形势危急，他仍照常讲学，“弦歌不绝”，令人十分敬佩。他十分注意教学方法，善于运用启发式，他有一句名言：“不愤不启，不悱不发，举一隅不以三隅反，则不复也。”他主张通过诱导和提问，培养学生的学习兴趣和独立思考能力。由于循循善诱，教育有方，三千弟子中精通六艺的贤人有72人，不少人成了政治家、外交家，或当了地方官，或从事传学（教书）。他50年的教育实践在中华民族教育史上写下了光辉的篇章。

孔子在思想上也很有建树，他是人类历史上十大思想家之一。他的思想体系被称为儒家思想，因而他也就是儒家思想的创始人，其核心是“仁”，主张人应当彼此相爱，这也是他做人的最高理想和道德标准。他提出了“己所不欲，勿施于人”，希望人们都能注意自身修养，自觉约束自己，服从社会道德规范，从而达到一个敬老爱幼的大同世界。他的学说集中体现在《论语》一书中。孔子死后，他的思想影响很大，从汉代开始成为中国两千多年来的正统思想，并在东亚南亚及世界各地传播，是中国古代最伟大的思想家。

孔子一生虽不顺利，但他的追求始终不渝，直到逝世前，仍带着学生周游列国，先后奔走于宋、卫、陈、曹、郑、蔡、齐、楚等国，传播他的学说，推行他的主张。尽管当时的统治者并不理会，师生们“累累若丧家之犬”，但他却不怕碰壁，直至去世为止，孔子一生没有停止追求。

孔子15岁时向母明志要做个有学问有出息的人，以后经过努力终于成为大思想家和大教育家，可见立志对于人的成长十分重要。那么，今天我们应该立怎样的大志呢？

道德经长悬日月

阅读提示

毛泽东在率领人民进行反帝反封建革命斗争时曾引用过一句古人名言：民不畏死，奈何以死惧之？这是谁说的？世界万物的生产是“道生一，一生二，二生三，三生万物”吗？“小国寡民”的社会理想行得通吗？这位老先生是聪明绝顶，还是糊涂至极？

讲故事

公元前4世纪的某一天，夕阳西下，陇中古道上尘土飞扬，一位长者骑着一条细瘦的毛驴顶着呼呼北风缓缓西行。人困驴乏，饥渴难熬，好容易到了函谷关，守关士兵厉声呵斥要他下驴验看通关文书。长者掏出几轴文卷，兵士看也不看，愈加严厉地喝问起来。那长者嘴唇嗫嚅着，不知轻声说了些什么，接着自个摇头叹气起来。

正在这时，一个满身披挂、威风凛凛的长官闻声走过来，询问何故吆喝。士兵刚要说明，不料那官长对着老者惊叫一声：“老聃先生，您怎么在此？”说罢就上前施礼，表情极为敬重。士兵们顿时傻了眼，面面相觑。只听长官介绍道：“这是天下名士李耳先生，你们有眼不识泰山！还不快快赔礼！”兵丁们慌忙一个劲地请罪。

这位长官名字叫阿喜，是函谷关的镇守。当下，他请老聃进舍一叙，老聃点头应允。士兵们就牵着毛驴，拥着他一起进城了。

老聃，姓李名耳，字聃，生于春秋末期，是楚国苦县厉乡曲仁里（今河南鹿县）人，时人称他老子。他少时爱听古代帝王传说和英雄故事，也爱动脑筋思考，后来跟一位先生读书识字，颇用功，常是边读边想。他有一大特点，就是爱惜书籍。他向人借阅竹简之书若有破损之处，读毕必修补如新归还，很受称道。故人家乐意借书给他。长大后，有人向周王举荐，李耳就做了管理书籍的官员。在这里，他将国家书籍按类庋藏，管理得井然有序。这对他个人也有很大帮助，他得以按顺序阅读所有藏书，那书中知识犹如甘泉点点滋润着他的心田。学问上日见长进，他在朝廷中谈吐有据，议论有理，很得同僚们的敬佩尊重。有一次，大学问家孔子还特地老远从鲁国来向他请教哩！

此次，老聃为何离家西行？原来，周朝自周武王之后，朝纲衰败，国力渐微，老聃是洞察宇宙万物万事发展趋势玄机的大学问家，自然深为周朝忧虑。然而，周天子并不重视他的警告，仍一味腐化作乐。老聃知周朝灭亡不可避免，他又无力回天，忍看其乱不如隐而勿见。于是他决定离开京畿，远走山野穷乡，逃避遁世算了，不料在此受阻。

当下，阿喜长官把老聃请入馆舍，令兵丁摆上酒筵为先生洗尘，席上又虚心求教。两人边喝边聊。老聃教导他："祸兮福所倚，福兮祸所伏""物极必反，兵强则灭"，人事的成败得失损灭存亡，不可过多计较。喜长官洗耳恭听，不住点头。谈到做学问，老聃说："合抱之木，生于毫末；九层之台，起于累土；千里之行，始于足下。"只要点滴积累，必有收获。做事也是这样，"天下难事必作于易，天下大事必作于细"，只要有决心毅力，难事做来容易；从细处着手就能做成人事。这些深奥的道理一经用浅显的语言表达出来，令人有大彻大悟之感。喜镇守想：今日遇先生，实为一生有幸，只可惜吃罢饭就要离去，如何是好？忽然他灵机一动：何不让先生写下教导来，岂不可以天天聆听其教诲？

老聃也爽快地答应了。他关在书房里写了几天。写成之日开门时，只见竹简铺了一地，洋洋五千言，分81章。开头一句是"道可道，非常道"，这就是老子有名的《道德经》。待喜长官一口气读完回头看时，老子早已离他而去了。

老子《道德经》的中心是谈的道和德，包含着博大精深的哲理。老子认为道是天地的原始、万物的根本。"道生一，一生二，二生三，三生万物"，书中也充满了辩证法思想，列举了"有无、损益、阴阳、贵贱"等一系列对立概念，揭示了宇宙间普遍存在的矛盾现象，如"有无相生、难易相成、长短相形、高

▲老子与《道德经》

下相倾、前后相随”。他还猛烈抨击上层统治者，说“民之饥，以其上食税之多”“天之道损有余而补不足，人之道损不足而补有余”，并警告统治者：“民不畏死，奈何以死惧之?”依靠高压手段不会有效，主张建立小国寡民的社会。

老子《道德经》在中国思想史上占有重要地位，在国际上也有广泛影响，很早就译成了英、法、俄等国文字。俄国文学巨匠列夫·托尔斯泰生前深爱《老子》一书。在现代，英国伦敦街头常有身穿印着老子“道”“静”“天为”等名言的文化衫的青年男女。老子思想对后世影响也很大，儒道互补是我国传统文化的一个基本格局。老子还被唐玄宗封为“圣祖大道玄元皇帝”。老子小国寡民的思想虽不全正确，也未能实现，但他那深邃卓远的哲学思想正从宇宙的宏观上给人们以长久的启迪。

(1)老子小国寡民的社会理想要求人们回到自然去，沿用古朴风俗，亲自耕作，安闲生活，互不往来，请你谈谈，这种思想与我们今天“回归自然”的思潮是否一致?

(2)“天下难事必作于易，天下大事必作于细”，这句话包含着哲理。追求理想欲做大事的人若从易处做起从小处做起，就可变难为易，积小成大。你能举个例子说说吗?

(3)老师让一学生把脏寝室打扫一下，该生不屑地说他正在考虑世界与人类的大事。老师批评说：“一屋不扫，何以扫天下?”此语对吗?

兵法十三显奇才

阅读提示

人类的战争，从原始部落间以木棍锐石相互杀戮抢掠，发展到以刀矛、枪炮、坦克、原子弹攻击对方。人类的历史其实也是一部战争史。在地球上凡有人群居住之地，几乎每个世纪、每个春秋都有战争。可是，那么多的战争却很少有人去研究一下起因规律和制胜之道。直到一千五百多年前，才由一个叫孙武的人写出了人类第一部较系统的兵法。从那以后，韩信、李广、曹操、唐太宗，一直到毛泽东，他们的案头都少不了这部奇书——《孙子兵法》。

讲故事

美国著名的军事学院西点军校，学员都要读一本中国古代兵书。海湾战争期间，美国将军们也日夜思虑着从这部兵法中寻找灵感和奇谋。这部兵书就是闻名世界的《孙子兵法》，作者是战国时期的大军事家孙武。

孙武本姓田，是春秋时代齐国人。他的祖父因作战有功被齐景公赐姓孙，后来因各国发生内乱，杀戮无辜，孙武为避灾祸，沿江而下，逃到东南方的吴国。

那个时期，中华大地邦国林立，侯王如星。他们为扩大领地，争夺霸权而你拼我夺，战乱连年。那些百姓个个失魂落魄，为保全一条小命迁来徙去。孙武到吴国后心想，若吴国能强大起来我等不再奔逃最好。可吴国比西面的楚国弱小得多，要保住吴国只能讲兵法，求良谋。于是他隐居下来，苦心钻研用兵之计、布阵之法，详细分析解剖历史上的各个战例，还以木片为营、石块为兵摆阵演绎，悉心比较各场战争中天、地、人、武器、粮草、战术、兵力、兵势与胜败的关系，琢磨其中的规律与奥妙，几经努力，终于写出了兵法十三篇。

兵书一出，人以为奇，将军统帅欲先有之，竞相传抄研读。从楚国逃到吴国的伍子胥看完之后连声叫绝，遂向吴王引荐孙武。到了朝廷，孙武毕恭毕敬地把他的心血——兵法十三篇呈了上去，吴王在案上展开，边展边读越读越兴奋。那十三篇依次是：一、始计篇；二、作战篇；三、谋攻篇；四、军形篇；五、兵势篇；六、虚实篇；七、军争篇；八、九变篇；九、行军篇；十、地形篇；十一、九地篇；十二、火攻篇；十三、用间篇。吴王看罢喜形于色，满朝文武也一个个睁大眼睛引颈而望。吴王心中暗暗思忖：孙武果然奇才，然尚不知他实际指挥才能如何，得考察一番方可重用。当下让人挑选了180名宫女，让孙武编队演习阵法，不料却演出一幕孙武执法杀姬的悲剧来。尽管吴王失去了两个最宠爱的美姬，但经孙武严格训练，一群绵绵软腰，手无缚鸡之力的宫女竟能训练成纪律严明的铁军，这不能不令吴王折服。于是，他不但没有怪罪孙武，还拜他为大将军。亲眼目睹了这一幕的文武百官，无不佩服孙武的治军严明和指挥有方，孙武的名声和威望一下子确立了。

公元前512年，孙武向吴王进谏出兵伐楚，以壮吴国国威并向长江中游发展。那时，楚国有20万精兵强将，而吴国军队只有3万人，力量悬殊。如何以弱胜强、以少胜多，是摆在大将军孙武面前的难题。孙武深知只有“知己知彼”才能“百战不殆”。于是，他制定了疲楚、扰楚的计谋，将部队一分为三，轮番出动，佯攻而不实战。楚军不知底细，每次全军出动全力应战，吴军却一下子又无影无踪。待楚军刚刚回营，吴军又从天而降。这样轮番突袭，弄得楚军疲于奔命，耗费了大量的人力物力，兵将相互埋怨，而吴兵士气高昂，多有小胜，最后攻占了楚国的六安和居巢(今巢湖)等地。

公元前506年，吴王又任命孙武为大将军，率兵3万沿淮水而上伐楚。楚军仍为20万，将领是左司马沈尹戌和楚令尹囊瓦。孙武分析了这两人的特点，沈尹戌狡猾多谋，善施诡计，而囊瓦脾气暴躁，狂妄自大。他决定先打击比较好对付的蠢货囊瓦。于是，孙武下令吴兵弃船上岸向楚国后方进军，引诱楚将分兵作战。果然沈尹戌以为孙武要攻打楚国都城，让囊瓦留下防守，他自己回师救国都。孙武又引诱囊瓦进军大别山和小别山一带，利用山中复杂的地形将这部楚军一股一股分割歼灭，待沈尹戌回师救援时，又设下埋伏迎头痛击，结果楚军大败。楚昭王吓得带着他的妹妹和几个亲信随从逃走。这一仗，孙武靠3万人马打败了楚国20万大军，并占领了楚国都城郢都，创下了以少胜多的光辉战例。从此吴国威震八方，周边国家再也不敢小觑他们了。孙武也名扬诸侯，成为各国敬畏的著名将领。

孙武所著的《孙子兵法》是我国古代最早的优秀军事著作，兵法十三篇对战争观、战略观及战术原则和治军原则等作了极为精辟的论述，揭示了一些重要的战争规律，成为历代兵家必读之书和治军准则。曹操、唐太宗都对它称奇不已，就连二千四百多年后的毛泽东也精心研读，深得要义，他没上过任何军校，仅靠这部兵书却用兵如神，打得蒋介石800万大军、数百名将领望风而逃。即使在今天飞船上天、导弹穿云的科技时代，《孙子兵法》仍有着现实的意义。它被译成法、德、英、俄、捷、日等多国文字，在世界上广为传播，成为人类的共同财富。人们都不会忘记这位有世界影响的中国古代大军事家。

(1)对于孙武依法杀姬，有人认为是他治军严明，也有人认为他这样做太残酷。读了这篇故事，请谈谈你自己的看法。

(2)人类出现战争本来是个悲剧，可孙武为什么还要研究指导打仗的兵法？

丈夫有志作鲲鹏

阅读提示

一个布衣被君主传见，总该换件衣服弄得整洁些去吧？可是有人不。君主请百姓做官，百姓该感恩戴德欣然从命吧？可是有人不。一生连饭都吃不饱，该难成大学问家吧？可是有人成了。若问此人缘何这样奇特，盖因他有鲲鹏志。

讲故事

战国时期，在宋国蒙邑的一条狭窄颓败的陋巷里，住着一个以打草鞋为生的汉子，他就是道家学派代表人物之一的庄子。

庄子姓庄名周，约生于公元前369年，几乎与孟子是同时代人，也同样在仕途上不走运。不过，孟子身后还总有一帮学生整天跟着他聆听教诲或到各国游说，七嘴八舌的倒也热闹。庄周则不同，他为人清高孤傲，说话咄咄逼人，所以往来者寡，日间只有太阳做伴，夜里独与烛光为伍，好在他不以为寂，过得也挺自在。

庄子祖上曾有过辉煌，父辈还是宋国贵族。宋灭亡后，他家也衰败了。有人曾为他谋得一个漆园吏的小官儿。年轻的庄子上任后本想好好干一番，可目睹当权者之间尔虞我诈，实在看不惯且又遭排斥，就卷起铺盖弃官回家了。这次涉足官场的不长时间却对他影响很大，从此看破“官”尘，以后“终身不仕”，而且对官吏一概没有好的印象，主张无为而治。

没有官职也就失去了俸禄，断了衣食之源，庄周又缺乏谋生技艺，家道日益没落，生活十分贫困。然而艰辛犹如一块砺石将庄周的志向之剑磨得更加锋利。他是个胸怀开阔、眼光远大的青年，未曾被困苦所屈。有时断了粮，就向人家借点小米度日子，但从不放松对学问的追求。那时候思想界很活跃，儒、道、墨、法、医、农、兵、商百家争鸣，以孔子为代表的儒家影响最大。到底谁家最正确？庄子没有盲从，而是涉猎各家学说，看看、想想、比比，着重研究了儒家的诗、书、礼、乐和孔子的仁爱，墨子的兼爱、非攻、节用的学说，比较了这两家"显学"的曲直异同，还读了老子的《道德经》，思索着分辨各家的高低深浅，很快成为精通诸子，激扬百家，出言有据，辩风雄健的学者。

在庄周潜心钻研、学问增长之时，他的家庭更加衰落，再也顾不了贵族家庭的面子，搬到一条陋巷中与百十户平民们住在一起。老向人借谷米总不是长久之计，庄周无奈，只得向一位白发老农请教。那老农夫见他可怜，就教他编草鞋的手艺。从此庄周以打草鞋为生，他跨坐木凳上，双手搓着硬稻草，编来扭去做成一双双草鞋，到集市上就可换回柴和米了。有时草鞋没卖出去，就向邻居借一碗米粟糊口，因此饱一餐饿一顿是常事，人也长得面黄肌瘦。

忽有一日，时来运转，一匹黑骏马在小巷口停下，跳下一名皇宫差役直奔庄周的小屋。原来有人向魏王举荐庄周博达善辩，是可用之才，魏王要召见他。可惜庄周生性洒脱，不善包装，从板凳上站起来放下手中的稻草，就穿着那身破破烂烂的衣服，带着一身尘土去见魏王。走在半路脚上穿的草鞋带子踩断了，他结了结又穿上，跟那差役进宫门上朝堂。远远只见魏王一身罗绮，满脸红光，高高在上。可魏王瞧庄周破破烂烂一副狼狈肮脏相，活像来了个要饭的。"庄周原来如此！"魏王心里暗想着，脸上不觉皱了皱眉头，说道："你怎么这么懒呢？"意在批评他头不梳衣不洗。庄周却不客气地回答说："大王，这是穷不是懒。士人有治国之策而不行，才是懒。"庄周话中对魏王不寻良策不求国富进行了讽刺。魏王碰了个钉子，自觉没趣，也看不惯庄周那副模样，更闻不得他身上那股怪味，心里不想重用他，就把他打发走了。

庄周见罢魏王回来没做上官，倒也无所谓，照旧钻学问打草鞋，但这件事却在旁人那儿激起了不小的波澜，有的说庄周太傻，有的说活该。有个叫曹商的人因得到宋国国君赏识出使秦国，又博得秦国君王的欢心，秦王一高兴赏给他百辆马车，曹商受宠若惊，以百乘之富飘飘然地回到宋国，特地到庄周那儿揶揄他说："唉，这又脏、又破、又矮、又小的房子岂是你这大学问家住的地方？像你这样的人才怎么穷得织草鞋、饿得筋暴颈长呢？魏王召见你奖赏该不少吧？我到秦国，秦王设宴置舞，还馈送百乘马车……"庄周抬了抬眼皮，望了望曹商，见曹商完全是一副小人志得意满之态，心里不禁十分厌恶，便不紧不慢地回答道："我听说秦王屁股上长了挺厉害的痔疮，悬赏天下，谁能舔一下痔疮，就赏 5 乘车子，舐两下奖 10 乘，你得到这么多车，那秦王的痔疮一定彻底治好了吧？"气得曹商"你、你……"说不出话来，满脸通红，又羞又恼而去了。

庄周的名声越来越大，传到楚国，楚威王派出使者以千两黄金之重礼聘请他去楚国当宰相。使者一路风尘赶到宋地，在陋巷中见到了庄周，说明来意后，便将黄金奉上，摆得满满一桌子。邻居们见了一个个乍眼伸舌，羡慕庄周要一步登天从此过上好日子。谁知庄周冷冰冰地说："千金固然是重礼，卿相也确为尊职，可是你没见过祭神用的牛羊吗？好料饲养何其舒服，一旦出肥杀作祭品，这时想做头猪活下来也不可能了。我只求精神快乐，不愿做牛羊类的卿相。你走吧！"楚使只好收金退出，邻居都骂庄周是个不识抬举的东西。

此后庄周依然一边编草鞋、一边钻学问，他尤推老子，继承和发展了老聃的学说，同儒、墨两家相辩，著书立说，洋洋十万言。《汉书》收录的《庄子》有 52 篇，今存仅 33 篇。《庄子》是先秦道家思想的总集，司马迁说他"其学、无所不窥"。庄周不但是一位哲学家，也是一位杰出的散文家，他想象奇特，气魄宏大，又寓谐于趣，其代表作《逍遥游》一开头就说："北冥有鱼，其名为鲲，鲲之大不知其几千里也，化而为鸟，其名为鹏，鹏之大不知其几千里也。怒而飞，其翼若垂天之云……"千百年来，人们把鲲鹏作为志士的象征。李白曾写下"大鹏一日同风起，扶摇直上九万里"诗句自励；一代伟人毛泽东也教导青少年要有鲲鹏之志。鲲鹏不仅仅是一种想象，实则也是庄子人生理想的物化。他正是一只扶摇直上九万里的大鹏。

以陋巷之民，草鞋为业，成道家圣贤，庄子之志，遂矣。

(1)有人说:“魏王好心好意请庄周为官,可他对魏王也太不恭敬了:破衣服,烂草鞋,一身灰,头发乱,外带怪气味,还话中带刺,这种人不值得同情。”你同意这种说法吗?如果不同意,不妨言之有据地反驳一下。

(2)庄周说话尖锐刻薄,这反映出庄周的什么性格?

采撷百家集大成

阅读提示

在英雄辈出，群星璀璨的春秋时代，信谁之言，读谁之书，如何读法，是值得一思的。古人云：尽信书不如无书。有这么一个少年，对别人的大作读得进去，又走得出来，取其长，避其短，自成一家，又东奔西走，欲求官职以行王道于天下，可有心栽花花不开，王遭难行官不至，一愤之下转而教书著述，却插柳成荫，培养出李斯、韩非那样的非凡之才，令后人敬佩。

讲故事

公元前313年，在齐国国都临淄有个稷下学宫，百余名风度翩翩、学富五车的青年在此每日谈经论策，说古道今。他们是来自各国的学者，因齐国礼贤下士，让他们享受大夫一级待遇，号称“列大夫”，专门著书立说，为齐王献计献策，使稷下成了学术文化中心。列大夫中，有个十五六岁的少年，长得仪表堂堂，谦虚好学，是从赵国来到此地的，就是著名学者荀子。

荀子名况，字卿，是战国末期赵国人，从小崇拜孔子，熟读经书。在赵国小有名气，当他听说齐国的稷下学宫聚集着天下英才，就告别父母，来到这里从事学术交流活动。在学宫他与人切磋、论争、研讨，扩大了学习领域，吸取了别人的营养，极有收获。由于他为人谦和，学问渊博，深得众望，3次被选为学宫祭酒（首席大夫），其他的学生都称他为老师。当时的学术界异常活跃，百花齐放，百家争鸣，谁家之言真善美？应加入谁家门呢？荀子没有盲从，他在系统地研究了各家代表人物的著述，分析比较了他们的观点主张之后，觉得孔子之学较为美善，但亦有不足，于是他决定以儒学为本，融合百家，以自成一说，要像先圣孔丘那样成为一代名流。

荀子也有心从政。当齐湣王吞并宋国后，齐国疆土扩大，兵员充足，国力强盛起来。荀子极力劝说齐湣王让他实行孔子的王道政治，以仁治国。他还分析了周边国家的政治军事现状，提醒当权者要居安思危。他说："齐国前面有强大的楚国，后面有强大的燕国，右面有劲敌魏国，若齐不发奋改革必有危险。"可齐湣王被胜利冲昏了头脑，哪里听得进一个儒生的忠言，三言两语就把荀子打发走了。荀子只好离开齐国前往楚国。不久燕国果然出兵攻齐，齐国措手不及而被打败。齐湣王仓皇逃跑，途中落入楚军之手，不得善终。

荀子到楚国后多次请见楚王，讲强国安民之道，楚王觉得挺新鲜，对他很重视。但不久有佞臣进谗言，说荀子这人不可靠，言论也不足信，于是楚王改变了看法，不再理睬荀子了。在无可奈何的情况下，荀子带着学生风尘仆仆又到了赵国，继续宣传自己的政治主张，但赵王也不重视荀子。荀子接连受挫，想来想去，只有到秦国碰碰运气。当时秦以法治国，"儒者不入秦"成了惯例。荀子一入秦，沿途见到秦国政治清明，法纲严威，民风淳朴，兵力强大，资源充足，具备统一天下的条件，暗暗赞叹，就去见国君秦昭襄王和宰相范雎，建议他们重用儒生，实行仁政王道，以实现天下的统一。秦昭襄王很礼貌地问了他一些儒策，荀子有问必答，借喻晓理，娓娓而谈，虽说秦昭王连连点头称善，可内心却并不想采用他的王道。

楚国宰相春申君黄歇素以荀子为才，知荀子劝说诸王无功而返，便派人劝他入楚。荀子于是再到楚国，春申君任命他为楚国的兰陵(今山东苍山兰陵镇)令。这里孔学昌盛，儒生遍地，行为合礼，邻里仁爱，荀子就以仁治县。可地方官并不听这一套，3年后，春申君被杀，荀子也丢了官职。他决定不再奔波，就在兰陵住了下来，一边著述一边教学生。

荀子在教育上成就卓著。他招收了很多学生，以诗、书、礼、乐为主要内容教育他们成才，还专为弟子们写了《劝学》一文，教导学生说："学不可以已""青，取之于蓝，而青于蓝；冰，水为之，而寒于水"，激励学生胸怀远大抱负，敢于超过老师和前人。他要求学生循序渐进、老老实实做学问，"骐骥一跃，不能十步，驽马十驾，功在不舍""不积跬步，无以至千里，不积小流，无以成江海"。他教导学生要坚持不懈，不怕困难，"锲而舍之，朽木不折，锲而不舍，金石可镂。”他强调学习上要讲究方法，“登高而招，臂非加长也，而见者远；顺风而呼，声非加疾也，而闻者彰。”他认为做学问，必须专心致志，教书要“壹教”，求学要“壹学”，“目不能两视而明，耳不能两听而聪”，三心二意，必一无所成。他的谆谆教诲和以身作则培养出了一大批杰出的人才，比如著名的有思想家韩非、政治家李斯和浮丘伯等。其中韩、李二人的成就远在孔子的72贤人之上。

荀子一生著书数万言，编为《荀子》一书。他吸取了道、墨、名、法诸家的长处，继承和发展了儒家思想，是我国先秦时期唯物主义的集大成者。他年轻时代聚百家成一说的理想终于得以实现。

（1）荀子教导学生既要苦学又要巧学，要讲究学习方法，这是对的。你认为荀子强调的方法是科学的吗？

（2）“荀子对诸家学说学习研究而不盲从，博采众家成为集大成者。做学问就是要有这种态度，信书又不尽信。”你同意这种说法吗？

剔浮却陈开新风

阅读提示

父母双亡，长兄为父，长兄又亡，谁来抚养？这孩子如此苦命还能作出头之想？然而孟子有言："天将降大任于斯人也，必先苦其心志，劳其筋骨，饿其体肤"，古老哲言真的在这孩子头上得到应验，不仅官至太学博士，而且成为唐宋两代五百余年间八大散文家之首，何等不凡？他还领导了"古文运动"，开一代文风之先，大丈夫生于世，如此有为，历代几人？

讲故事

公元777年暮春，从京城长安走出一行旅人，前面一对中年夫妇带着一个10来岁的男孩，后面跟着一个挑夫。他们三步一回头依依不舍告别京师，要去南方五千里外的韶州。一路上晓行夜宿，辛苦劳顿，虽然江南江北燕风楚俗各不相同，但他们无心浏览，只求早日到达韶州。那中年男子姓韩名会，男孩是他的弟弟韩愈，因父母过早去世，小韩愈只得跟随兄长谋生。

韩愈，字退之，河阳（今河南孟州市）人氏。父亲韩仲卿曾做过山西县尉，后又任武昌县令，家道颇为殷实。不料唐王朝盛极而悲，"安史之乱"爆发，10年厮杀，社会动荡，韩愈3岁时父母在逃亡途中双双为乱兵所杀。韩愈就由长兄韩会抚养，也算有靠。谁料祸不单行，韩会到韶州后因不适应南方高温湿热天气，第3年间竟一病不起，亡命他乡了。12岁的韩愈哭哭啼啼又同嫂嫂守护着哥哥灵柩，跋山涉水返回故乡，千辛万苦一言难尽。这些苦难的经历培养了韩愈吃苦耐劳、坚韧不拔的意志和品格。他六七岁开始读书，没有父母督促，竟十分自觉，每日背诵800字，后加到1000字。似此经年历月，勤学不辍，为他奠定了相当厚实的古文基础，十二三岁时开始习作，十四五岁时已下笔不凡，有人夸他将来要中状元。

18岁时，韩愈已是满腹经纶，才华横溢。他踌躇满志，欲展翅高飞。为寻求发展的机会，他风尘仆仆来到长安，立志要“事业窥皋、稷，文章蔑曹、谢”。意思是说，要像古代贤臣那样成就一番大事业，还要在诗文上超过才高八斗的曹植和名气很大的谢灵运，这就是他的鸿鹄之志。可是少年不识愁滋味，立志容易酬志难，他接连三次参加进士考试都告失败，因为他没有名人举荐，又举目无亲，光凭才能在这个社会怎么行得通？直到后来有人为他鸣不平，他参加了第四次考试，才登进士第，但朝廷却没有给他任何官职。这时他已25岁了。韩愈在忧愤焦躁中又苦苦熬了5个年头，总算做了个小官。

在长安期间，韩愈目睹了朝廷的腐败：官员们只知道贪财敛富，钩心斗角；士人亦多歌功谄媚，文风靡失。韩愈痛感自南北朝以来文坛重形轻质，华词丽藻，繁典赘故，充斥文章。这股恶劣文风已成为表达思想、反映现实和文学发展的枷锁，务必要扫荡一空，以恢复先秦两汉散文的优良传统。于是，在他的领导下，一些志同道合之士掀起了一场革新文风的运动，史称“古文运动”。

韩愈认为，写作不能无病呻吟，必须“文以载道”，也就是说散文要有内容，要接触社会实际，要有情感，不能写空话，“惟陈言之务去”，学习古人文章，也应“师其意而不师其辞”，“词必己出”。“古文运动”虽然遭到不少顽固派的反对，骂他标新立异，但却得到柳宗元等一大批年轻名士的支持，日渐高涨。韩愈又身体力行，带头写出了许多思想进步，艺术性强，有两汉风格的散文作品，产生了很大影响，为“古文运动”起到了添砖加瓦的作用。例如人们广泛传颂的《师说》，这篇名作针对当时文人相轻耻于相师的风气进行了批评，倡导“无贵无贱，无长无少，道之所存，师之所存”，对后世产生了深远的影响。他还写了《原道》《原毁》《原性》《原君》等一系文章，为当时文坛及后开风气之先。古文运动荡涤了南北朝以来笼罩文坛的乌烟瘴气，恢复了秦汉散文的优良传统，滋养和造就出一大批卓越的散文高手，产生了唐宋八大散文家。韩愈更被誉为八大家之首，刘禹锡赞誉他“手持文柄，高视环海”

“三十余年，声名塞天”；苏轼称颂他“文起八代之衰”。对于这些赞誉，韩愈可说是受之无愧的，也是对他领导“古文运动”的中肯评价。

后来，韩愈调任国子监博士，在这个国家的最高学府里，韩愈的博识得以充分发挥。他博古通今，纵横捭阖，在文章史学的天空中自由翱翔，在学生中享有极高的声望。他治学严谨，对学生非常严格，常把学生招于馆下，谆谆教诲他们：“业精于勤荒于嬉，行成于思毁于随”“诸生业患不能精”“行患不能成”，务必瞑瞑苦读、精益求精，勤于思考，方能学识精进，专业有成。这些都充分地表现了一位严师和学者大家的道德和风范。

韩愈为人正直，虽才高八斗，学贯古今，官至太学博士，实则仍很不得志，在官场上屡受排斥。有一年，唐宪宗在平定安史之乱后，头脑发昏，为求国长安人长生，他派宦官将释迦牟尼佛骨迎入宫中供奉3日。韩愈上奏宪宗，反对此举，说信佛的皇帝命短。这一句大实话差点招来杀身之祸，宪宗一怒之下把他贬到七千里外的潮州，后虽被赦回京，然年老体衰，于公元824年去世。

（1）有人发现了一条规律，说要立志成才，父母得早亡，韩愈如此，孔子如此，诸葛亮也是如此。你同意这是一条规律吗？

（2）“业精于勤荒于嬉，行成于思毁于随”，这是很有道理的。但这是不是说，要成才就不能有娱乐和其他兴趣爱好，也不能没想好就妄动，或糊里糊涂地听信别人的主张？

千古一帝成伟业

阅读提示

自春秋始，战乱连年，大国争霸，天下不宁，秦国六代君王野心传递，不仅要称霸，更欲剪除六国，普天一秦，却好梦难成。及嬴政即位，奋六世之余烈，振长策而御宇内，履至尊而制六合，吞二周而亡诸侯，执敲朴以鞭笞天下。又南取百越之地，北却匈奴千里，威加四海，雄震八方，祖宗百年愿望顷刻变成现实。嬴政何许人？开天辟地之君也。

讲故事

公元前259年正月的一天，在赵国都城邯郸的一家客馆里，一个婴儿呱呱坠地。因为正月所生，父亲给他取名政（正）。这婴儿非同一般，他就是后来大名鼎鼎的秦始皇。为何他出生在赵国呢？原来他父亲秦异人是秦国国君之子，按惯例被派到赵国作“人质”，所以秦始皇就诞生在异国他乡了。

嬴政在赵国度过了童年。父亲每日闲来无事，就把一份心思用在儿子身上，教以诗文，督练武功，并给他讲列祖列宗为强秦富国所建立的功勋。小家伙非常用功，每日庭院练拳脚，入室捧诗文，常对父亲说，将来要让秦比六国更强盛，成为新霸主。秦异人看在眼里，喜在心头：嬴政也许是个有出息的孩子呢！

嬴政9岁那年，父子双双返回秦国都城咸阳，与大家庭团聚，二人好不高兴。不久又逢一件大喜事，秦异人继承了王位，号称庄襄王，嬴政成了太

▲秦始皇统一中国

子。可惜那位大人没有福气，3年后就一命呜呼了，这样，13岁的嬴政被人拥戴着登上了王座。按秦国法律，国君若不满21岁则要由王后和丞相代理国事。当时的丞相叫吕不韦，他和秦太后关系暧昧，而掌握朝政的实际是吕不韦的舍人嫪毐。三个人狼狈为奸，只想对小秦王欺瞒蒙骗，到时一脚踢开，让吕不韦取而代之。嬴政虽然年少却很机智，每次朝廷议事，无论是政治、经济、外交、军事，他都用心倾听，从官员们对立意见的论辩中理解军事、外交的错综，治国安邦的复杂，朝臣文武的分野，党羽人心的向背，一天天地成熟起来。而此时大国争霸愈演愈烈，北齐南楚，日夜对秦虎视眈眈，内忧外患使年轻的秦王急欲亲理国事，实现统一天下的决心和志向。可太后、丞相和嫪毐更加狼狈为奸、沆瀣一气，哪里肯轻易放权！公元前238年嬴政年满21岁，文武大臣在秦王祖庙雍城为他举行了隆重的加冠典礼，可嫪毐乘机在咸阳发动兵变。卧榻之侧岂容他人酣睡？此时不除，后患无穷！秦王嬴政指挥若定，调兵遣将，颁召下令：斩敌立功者，赐予爵位；参加平乱者，拜爵一级。一时间文武百官纷纷倒向秦王，嫪毐集团分化瓦解，最后嫪毐被捕并被施以车裂，吕不韦也饮鸩自尽。由此，内患被一举清除，国家大事全由秦王亲自掌握决策。他与亲信谋士收集情报，分析各国政军局势，一场平定六国、统一天下的威武雄壮活剧的大幕拉开了。

秦王政认为，欲要统一天下，须先得天下之才，为秦效力。于是他下了一道命令：各地骐骥不问国别，只要来秦，必将重用。诏书飞向三秦，飞向天下，一时间，各国鲲鹏，无不翘首西顾；智能之士，无不心向咸阳。西行路上，良才接踵摩肩。秦王廷下，人才济济。嬴政大悦，与他们抵足而谈，日夜商议统一大计，各位名士，各抒己见，终于拟定了统一国家的蓝图：政治上加强内治，巩固后方，派员去六国联络愿为秦统一事业服务之士；经济上兴修水利，增产粮食，发展农业；军事外交上，采纳李斯、尉缭提出的“远交近攻”的连横策略，与东方大国齐国暂时妥协，让它中立，然后各个击破。此后十多年，秦国君臣团结，励精图治，国力果然一天天强盛起来。六国恐慌，纷纷活动，欲结成合纵之盟共抗秦国，可为时已晚。公元前230年，秦王亲率大军首先拿韩国开刀，秦军势如破竹，韩国节节败退，各国观望而不敢救援，韩国灭亡了。秦军又征讨北方最顽固的割据势力赵国和燕国，又一举剪灭。接着挥戈南下，降服了中原的魏国。南方的楚本是泱泱大国，此时昏君朝政，人心混乱，国力转衰。秦国乘机进军，楚也宣告灭亡。秦国最后又消灭了东边的齐国。至此，六国相继灭亡，天下归于统一；秦国六代之君共有的“席卷天下，包举宇内，囊括四海，并吞八荒”之志，终于在嬴政手中化为现实。公元前221年，秦始皇建立起中国历史上第一个统一的大帝国，实现了他年轻时代的壮志和梦想。

全国统一后，嬴政做了始皇帝，他又以一个政治家的深远目光把统一的余波向社会各方面扩展。他首先废除分封制，实行郡县制，巩固了中央集权，打击了各国贵族。其次是文字，他每日读书批文，深感各国书文异体难认难读，误时误事，于是颁令天下以秦小篆为本体统一文字。始皇又闻各地物资交流，计量衡器不一常生纷扰，乃令统一度量衡；各地车舆宽窄不一，道路尺寸长短不同，车马难行，即令车同轨，道同宽。他还推行以十进位，简化了计算。当时北方兵民常虑匈奴侵犯，日夜不宁，始皇寻思万年长策，乃令修筑万里长城，赐安于民。这一系列有远见卓识的改革和措施，促进了民间的交流与和睦相处，对中国古代社会的发展起了巨大的推动作用。

秦始皇在中国历史上第一次成功地建立起统一的中央集权的封建国家，结束了分裂战乱的政治局面，使中国的社会发展领先于世界。此时，欧洲和北美大部分地区尚处在原始和奴隶社会阶段，因此，始皇为中国历史进步作出了不可估量的贡献。他一生中能有如此大的作为，和他青少年时代的理想抱负是分不开的。可惜的是，公元前210年夏天，在一次东巡时，秦始皇在河北巨鹿附近因天热中暑发高烧而昏迷，溘然而逝，时年50岁。

（1）春秋时，楚比秦强大得多，诗人屈原曾力谏楚怀王革新政治、励精图治，可昏君不听，仍贪图享乐，终为秦所亡，这说明治国者不仅要有大智，还要有大德。请你谈一谈自己的理解。

（2）秦始皇有魄力广纳六国之才，为其所用，终成统一大业，这说明一个人应襟怀宽广，团结“五湖四海”而不能搞个人小圈子。尽管你还是一个学生，可你有这种胸怀吗？

人生岂能如厕鼠

阅读提示

朋友劝告“生于乱世保命为上”，对不？此人不点头也不摇头，却带朋友们去看官仓和厕所，这是为何？听了老师一句“人皆可以为尧舜”，又使他睡不着，立誓跻身于名士侯相之列。可人生之旅少有浪漫平坦，本国之君视良骥如敝屣，视士人如草芥，只好以泪洗面出走他邦北面事秦。在异国他乡又险遭驱逐排斥，后经力排众议而荣升为丞相。李斯的一生，可谓颠簸而不凡。

讲故事

战国末年，中国大地上诸侯征战，杀成一团，乱兵所至，一杀二抢三放火。完好之家，时有飞来横祸，庶民百姓，时虞身首分离。智能之士隐姓埋名，归隐山林。读书人无心学业，只想苟全性命于乱世，不求闻达于诸侯。商市凋敝，农田荒芜，生灵涂炭。

这时，在楚国上蔡地区的一户普通人家，出了一位少年郎，聪明过人，少有志气，不顾世道兵荒马乱，每日黎明即起，攻读诗书，一会儿款款咏诵，一会儿默默背记，或凝视窗外，思历代之兴衰，考古今之变故，坚毅的目光表现他决不愿做一个凡夫俗子，决心长大后有一番作为，能够匡扶社稷，拯救黎民。他就是后来辅佐秦始皇统一天下的功臣李斯。

约在十五六岁时，李斯因才华出众，又热心乡事，被选为郡里掌管文书的小吏。他整日忙碌奔波，不辞劳苦，不顾个人安危，家人很为他担心，朋友们也劝告他：世道混乱，官场黑暗，少抛头露面，明哲保身才是上策。

朋友们的一片好心，李斯完全领会，可他正沉浸在奋斗的人生旅途中，岂肯因道路艰险而苟且偷生？为了说服几位好友，一天他对他们说："诸位，请跟我走一遭，见识见识鼠皇帝鼠宰相。"大家好生疑惑，跟着他穿街过巷，七弯八绕，到了郊外一座官府大粮库前。李斯认识管粮的官吏，跟他说明朋友们要开开眼界，看看官家大仓。官吏打开仓门后，只见仓室宽阔，粮堆如山，一片金灿灿的世界，朋友们禁不住发出声声赞叹。突然有人惊叫"哎呀！"顺指一看，原来粮堆间有几只硕大无比的老鼠，一个个长得像小猪似的。更惊人的是，它们见了人竟毫不胆怯，依然在那里贪得无厌地尽情啮食皇粮官禀，一边还吱吱地嬉戏，好不快活。看罢粮仓，李斯又带领大家到街市上一处公厕之内，只见几只尖头削嘴的老鼠浑身脏兮兮的从茅坑中爬出逃窜，遁入四周的缝隙中，原来它们刚才是在偷食厕中的秽物呢！

走出公厕后，他们在路旁一棵巨伞似的大樟树下休息一会儿。李斯问各位作何感想。友人七嘴八舌，感慨良多，叹人间不平，鼠间也是如此。李斯浓眉微蹙，字句铿锵地说："人生在世何尝不是如此？积极进取的人能出将入相，高居庙堂（朝廷）之上；而懦弱消极的人只会像茅房老鼠一样苟且偷安，逃避为上。诸君须三思而奋起啊！"一席话说得几位少年男儿热血奔涌，激情迸发，个个挥拳砺志，要在生命旅程中顶难迎险而上，干出一番惊天动地的伟业来！

要酬壮志，得有旷世之才，须先修身壮己。李斯告别父母，不远千里到赵国寻师。他有幸结识了著名的思想家荀子，拜他为师，求教帝王之术。荀子非常博学，对学生也非常严格，教导弟子读书一定得做到"壹学"，即高度集中注意力，"目不能两视而明，耳不能两听而聪"。李斯牢记老师的教导，努力躬行。李斯闻鸡起舞，瓦舍绳床，麻衣素食，潜心学问，如痴如醉，进入了荀子要求的"壹学"那种状态，结果收获巨大，几年之间，不仅熟知诗书礼乐，且精通刑政兴衰。学有所成告别之际，老师又赠以"人皆可以为尧舜"的名言鼓舞他，李斯的志向更远大了。

当李斯带着一肚子学问和不凡抱负踌躇满志地回到家乡准备为国效力时，昏庸的楚王并不赏识他。楚国两代国君楚怀王、楚顷襄王父子只知沉溺于酒色，穷奢极欲，听信谗言，重用令尹子兰等一伙奸官佞臣，连三闾大夫屈原那样的忠心耿耿之臣都遭受排挤。李斯只好含泪北上入秦，到日益强盛的秦国去施展自己的才能。李斯在文信侯吕不韦的引荐下见了秦王嬴政。嬴政是一位有抱负的帝王，正在雄心勃勃地谋划统一六国的伟业，广招各国奇才。李斯马上被任命为长史，不久又拜为客卿，为秦始皇出谋划策。李斯如鱼得水，大显才华，使秦国一天天强大起来。

谁知天有不测风云，人有旦夕祸福。秦王朝内一伙奸佞之徒见不得秦王重用李斯，他们一起进宫对秦王说："从异国来的人士多是为本国充当间谍，进行游说乱政，对这些人既不可信用，也不可留在国内。"秦王听了也对异国人起了疑心，于是决定下逐客令，把六国来的人都赶走。是夜，李斯听到这个消息，悲愤在胸，挑灯夜战，挥笔写下了洋洋千言的《谏逐客书》，以"泰山不摈土石，故能成其大；河海不拒细流，故能就其深"喻理，义正词严地驳斥了那些心怀叵测之徒。秦王再次被这位年轻人的气势和才华所打动，不仅收回了逐客令，而且晋升李斯为廷尉，这年，李斯还不到30岁。

此后，李斯辅助秦王在群雄割据的纷乱中，以连横破合纵，声东而击西，指南而向北，分化瓦解，各个击破，将韩、赵、魏、燕、楚、齐六国逐一消灭，结束了几百年来诸侯纷争的混乱局面，实现了中国的统一。可是在国家体制的问题上嬴政拿不定主意。丞相王绾等认为，诸侯初灭，燕、齐、楚地方辽远，应封子弟为王，遣往镇守，并说周朝实行分封，子孙享受了800年江山，完全可循。独李斯当予反驳，说周朝封同姓为诸侯，子弟攻伐，如同仇敌，切不可行，唯有实行郡县制，中央任命设官分治，才是长治久安的大计，说得秦始皇连连点头，说："列侯互峙，斗而不休。廷尉之议，朕当照行。"即划分天下为36郡，设守、尉、监分管郡的行政军事和监察之务。郡下分若干县，县下还有乡、里，这样，郡县制度在全国范围内确立了。这是李斯的又一大功绩。李斯因功劳卓著被秦始皇擢升为丞相，成为当时著名的政治家，他年轻时代的远大抱负终于实现了。

(1)李斯带几位青年朋友参观仓库和厕所中的老鼠，的确发人深省，人生在世不能苟且偷安，而应为国家民族奋发进取。读了这篇故事，你打算做一个什么样的人？

(2)李斯在楚国和秦国多次受挫，如果碰壁就气馁，你说他还能成就一番伟业吗？

(3)“名师出高徒。政治家李斯与思想家韩非都出自荀子门下。因此,今天我们在人生的道路上也要力求良师。”你认为这种说法有道理吗?

叱咤风云壮也哀

阅读提示

皇帝出巡，一少年见了说：我可以取代这个人。志气不可谓不大。然而如无达志措施和脚踏实地的奋斗能成吗？古今多少男儿空怀壮志饮恨亡？九层之台，起于垒土；人生之旅，始步儿时。一身武勇和四十万大军却败在一黄皮种田老儿和其十万人马之下，让到手的皇冠化作青烟飞去，留下多少沉思和遗憾。悲哉，项羽。

讲故事

秦始皇统一中国后，四方降服，威名大震，至圣至尊，自谓始皇帝。在京城享乐耍威风还不算，他还要经常到外地巡游。有一年，他出游东南，千千万万的老百姓听说了，都潮水般地涌往出巡之道，要一睹这位神奇帝王的风采。

在蚂蚁似的人堆中，有一老一少叔侄二人被人夹肉干似地挤着拥着伸着头，那长者约五十岁上下，须髯飘飘，身材高大；少者才十五六岁，也生得身材魁梧，英气勃勃。忽然一阵喧嚷，地方官大喊肃静，维持秩序。只见运河上由北而南来了一队船只，打头的船上一队队武士披坚执锐，威风凛凛，杀气腾腾，接着是一艘装饰豪华的大龙船逶迤而来，那船上雕龙饰凤，张灯挂锦，宫娥彩女个个如仙女下凡，扭腰舒袖，翩翩起舞，古筝玉笛，雅曲悠扬，好一派升平铺陈的帝王之气。在船中鲜艳醒目的杏黄宝盖之下，一位体态肥硕的壮年男子身佩宝剑，手捋龙须，神采奕奕，气宇轩昂，他就是名震四海的当朝天子秦始皇。老百姓吓得伏在地上，一个个瞪大眼睛看着发呆，心里羡慕极了。这时却听见人群中那少年说："这个人我可以取代他！"长者听了吓出一身冷汗，连忙用手去捂少者的口，轻声骂道："浑小子，这是灭族之罪啊！"说完赶紧拉起少者离开了这是非之地。

这一老一少是谁？长者姓项名梁，是楚将项燕之子。少者是他侄儿项羽。项羽少时丧父，跟叔父项梁一块生活。项梁十分喜爱他，把他当成亲子一般。

从会稽归来后，项梁时时用异样的眼光打量项羽，他觉得这孩子了不得，将来是要做大事的，便有心要栽培他。于是项梁花钱请来先生，教项羽学诗、书、六艺，可是项羽读了没多久就坐不住了，觉得整天捧着书本太没劲，浑身力气没处用，就把教书先生赶跑了。项梁很生气，就又送他去习武，师从一位当地有名的剑术师。这回项羽来了劲，整天呼天吼地，出拳如鲲鹏展翅，击腿似猛虎下山，大地为之震动。可练了没多久，项羽又烦了，练来练去老是那么几个基本动作，师傅还说不规范，不能教新招，这该练到何年何月？他又把师傅给气走了。

项梁大怒，呵斥他说："做什么事都有始无终，文不文，武不武，你到底打算怎么办呢？"项羽说："读书识字，能写个名字就可以了；学武功，只不过敌得一人，我要学万人敌。"项梁一听觉得不无道理，就说："你有这种志气就好，我来教你兵法。"于是就搬出家中所藏孙武、孙膑等人的兵书给项羽讲领兵率将，布阵谋攻之道。这正合项羽的心意。他非常高兴，从此和叔叔研讨起兵法来。可项羽生性粗莽，又十分急躁，每次打开书时很留心，但不久就倦怠起来，不肯动脑往深里钻。所以兵法大意，项羽略有所知，终未能穷极底蕴，不能竟学，这种态度是统兵打仗的致命弱点，也就埋下了他日后英雄悲剧的祸根——这是后话。项梁虽多有督促，然而项羽已倦怠成性，改掉也难。

项羽一身力气，又略通武功和兵法，总在找机会施展身手。俗话说，时势造英雄。公元前209年，陈胜、吴广在大泽乡起义，项梁、项羽抓准机会杀了会稽太守，起兵响应。这时项羽刚刚24岁。他们又进兵彭城，招兵买马，收编降卒，一时声势甚大。秦军来攻，那项羽曾力举大鼎，气吞山河，冲杀在前，所挡者斩，所击者毙，大破秦军于东阿，不料被秦大将章邯击败，项梁在战斗中被秦军杀死。起义军推原楚令尹宋义为将军，项羽为次将。秦又向赵国进攻，赵向楚军求救，而宋义却按兵不动，此时天寒雨雪，士兵饥寒冻馁，痛苦不堪，没有军粮吃，每日仅以野草杂物充饥。宋义却天天饮酒作乐。项羽大怒，冲进帐中，大骂他不体恤士兵，不忧虑困难，猛一剑砍下宋义的头提出来昭示三军，并自立为代理上将军。从此项羽独当一面，为楚军之帅了。

当时，形势万分危急，若秦军灭赵回兵，那楚军就十分危险了。项羽向将士们讲明楚军危境，言北上可生，后退则死，只有同仇敌忾，才能打败强敌，然后下令楚军渡过黄河，上岸后沉下所有船只，又砸破全部行军做饭的炊具，只带三天粮食，表示要同秦军决一死战，这就是有名的“破釜沉舟”典故的来历。楚军人人奋勇，个个当先，以一当十，项羽声如霹雳，冲入秦军，挥戈砍杀，结果大破秦军，取得了以少胜多的决定性胜利。

在项羽与秦军主力作生死决战之际，另有一支起义军——沛县刘邦的汉军乘秦后方空虚，轻而易举地占领了秦都咸阳，项羽听到这个消息后，暴跳如雷，恨不能立即一刀把刘邦砍为两段。谋士范增进言说：“刘邦在老家是个好色之徒，入关后却不贪财不好色，此其志不在小，将来跟您争天下的就是他，应该乘此时他尚未强大将其消灭掉！”于是项羽在鸿门宴请刘邦，准备下手杀掉他。刘邦狡诈诡诘，以巧言迷惑项羽，项羽信以为真，还透露了左司马曹无伤送情报的事，结果放虎归山。刘邦从鸿门安全脱身回营后，立即杀了曹无伤。

项羽放走刘邦后进军咸阳，杀了秦王子婴，烧了咸阳宫，熊熊大火三个月不熄。这是他走下坡路的开始。后在分封诸侯中，项羽又得罪了不少人。刘邦暗中联络不满者共同起兵反项羽，挑起了楚汉战争。项羽勇猛无双，开始还打了一些胜仗，杀了多名汉军名将，令汉军闻之丧胆。然而，他不过一介武夫，缺乏长远眼光和谋略。结果政治、军事形势于他越来越不利，节节败退，退至垓下被汉军团团包围，入夜四面楚歌，项羽自语道：“吾起兵至今八岁矣，身七十余战，所当者破，所击者服……然今卒困于此，此天之亡我，非战之罪也。”可怜项羽盖世英雄，至死未明失败乃幼时读书不精所致，反以为是天意，实在可悲。项羽退至乌江，本想渡回江东，却又觉得无脸再见江东父老，就放了战马，又杀死汉军数百，最后自刎而死，年仅31岁。一代枭雄就这样结束了生命。

(1)荀子云:“蟹六跪而二螯,非蛇鳝之穴无可寄托者,用心躁也。”项羽力大无穷却落得个乌江自刎的可悲下场,你能说说这是什么原因吗?

(2)项羽处境危急之时,破釜沉舟,背水一战,终于击败秦军。这种精神值得我们学习吗?

志士归乡唱大风

阅读提示

在泥土上劳作的庄稼汉与统率千军万马统中一国的帝王之间有连线吗？即使有，恐怕也不会是线段，而是一条曲线。强秦难撼、项羽难敌，诸王难灭。这位庄稼汉究竟如何以江南沛县田野为起点，一步步走向长安城皇帝宝座的呢？这的确是一件非常有趣的事情。

讲故事

战国后期，江南沛县田野里，常有一位少年与其父一同耕作。灰麻布衫上泥浆点点，握木锄柄的嫩手掌上生起硬茧，夹着一颗颗紫葡萄似的血泡，少年小圆脸晒得黑红，唇干口燥，浑身酸痛。这一老一少两个沉默寡言的人仍在烈日下不停地举臂挥锄，挖土除草。

这少年姓刘名邦，公元前256年生于江苏沛县一个农民家庭，祖辈以农为业。他很小就成了父亲田间的帮手，只有在干完一天体力活后，才能在自家一张破桌前借助油灯识几个字。生活困苦、劳动艰辛使刘邦产生了改变命运的强烈愿望。父母也常常感叹说：什么时候孩子出息得比我们强就好了。刘邦也十分理解父母的心情，他常想：一个人要是在生命的盛年只知吃吃睡睡，他还算个什么东西？因而，种田之外，刘邦抓紧读书识字，对朝廷下派的各种差役税赋尽力完成，很博得地方官吏的好感。到30岁时，他终于当上了秦朝的一名芝麻小官——泗水亭长，刘家人终于与“官”沾上边儿了。父

▲楚汉相争

母好生高兴，半年都是笑眯眯的。但刘邦并不以此为满足，他还要向上爬。有一次，他带领一些农民应征到咸阳去做工，路遇秦始皇出巡。只见骏马御车，禁卫如林，声威盖世，大家都伏在地上偷看，觉得皇上何等威严，自己何等渺小！刘邦却不这么想，他自言自语道："大丈夫应当像始皇那样干一番惊天动地的事业！"说得众人瞠目结舌，像不认识他似的。

这话并非说说而已。公元前210年秋，秦始皇在东行中至沙丘（今河北平乡县东北）时病死，二世胡亥即位。这家伙不知创业艰难，只知腐化享受，大兴土木，大征民夫，不恤民情。农民陈胜、吴广不堪残暴在大泽乡发动起义，楚国贵族项梁也在乱中起兵，早有图谋的刘邦感觉到时机已到，也起兵反秦。

刘邦胸怀大志，肚里也明白，凭这百十个普通人成不了大气候，得有大将，得有良才，还得扩充兵力。于是他广纳人才。有个贵族名门出身的张良，足智多谋，刘邦招来重用；大将樊哙，勇猛异常，刘邦爱宠有加。一时间，投奔刘邦的人自四面八方而来，他的势力不断壮大。刘邦又严明军纪，对百姓秋毫无犯。后来，刘邦听从谋士建议，乘项羽与秦军主力决死战之际，从黄河以南进军关中，攻占秦都咸阳，短命的秦王朝土崩瓦解，刘邦取得了军事上、政治上的主动权。他兴冲冲地跨进秦王宫殿之时，惊得目瞪口呆：雕梁画栋，珠光宝气，锦帘秀色，好一派豪华富丽的王室之气！更有那宫娥玉女，云鬓高耸，眉黛低垂，粉面脂气，楚楚动人。刘邦在乡间何曾见过这等富贵，这般美妾？他禁不住垂涎三尺，恨不能天下肥美尽有之。正当他做着秀色可餐的美梦之际，只听张良在耳边谏言："主公，秦宫室里的珠宝财帛，美妾娇姬，一概不能动，还须约法三章，'杀人者死，伤人及盗抵罪'，然后，我军撤至灞上。""为什么？"刘邦生气地大声质问。大将樊哙赶忙补充说："功业事大还是美妾事大？项羽尚未消灭，主公岂可安于享乐？"一句话提醒了刘邦，于是，他硬着头皮下令撤出咸阳，退军灞上。

项羽大破秦军主力后听说刘邦占据咸阳入了秦宫，珠玉美女尽有之后，气得暴跳如雷，立即率主力赶到鸿门，令将士造饭饱餐，准备击破沛公军。刘邦自知不是项羽的对手，项羽一到他就慌了神，还是张良建议他主动到鸿门去拜见项羽，争取主动。项羽果然设宴招待了他。项羽的亚父范增是个明白人，知道此时不除刘邦更待何时？便几次欲借机刺杀刘邦。刘邦心惊胆战，借故上厕所逃了出来。后来项羽入咸阳，杀死了秦王子婴，将士们大肆抢劫，又一把火烧了咸阳宫，大火整整烧了三个月。项羽的所作所为引起了人民的无比痛恨，也引发了对刘邦的怀念，人心的向背由此决定了。项羽又分封功臣，招来许多不满。刘邦被封到关中作汉王。由于关中远离江南，气候寒冷，士兵怀念家乡纷纷逃跑，连将军韩信也跑了。刘邦让萧何乘月夜把韩信追了回来，不但不治罪，还拜韩信为大将。为了兴汉灭楚，刘邦又与谋士、将领商议良策。高阳城有个守门的老人郦食其说有好主意，要见刘邦。刘邦想，这老头能有什么好计谋？郦食基进来时，女仆正在给刘邦洗脚刘邦并不起身迎接。老人生气地大声问："这是想灭秦楚成大业的帝王风度吗？"刘邦连忙道歉，退下女仆以礼相待。老人果然献上一条智取陈留的妙计，为刘邦统一天下帮了大忙。

公元202年，刘邦统率各路兵马，与项羽在垓下决战，发动了有名的楚汉战争。在韩信等人的正确指挥下，骄横不可一世的项羽连吃败仗，兵力逐渐削弱，最后被团团围住，四面楚歌。项羽走投无路，在乌江边自刎而亡。刘邦消灭了项羽这个强大的对手，清除了国家统一的主要障碍，于是定都长安，建立起新的统一的封建王朝——汉（西汉），成为继秦始皇后完成中国统一大业的第二人。

得城容易守城难，刘邦深知这个道理。有一年他回故乡沛县巡视，激情满怀地吟起一首诗歌："大风起兮云飞扬，威加四海兮归故乡，安得猛士兮守四方？"这就是有名的《大风歌》。

一介田夫野佬，终登金銮殿，完成统一大业，刘邦之志不在小。

（1）刘邦能在繁重的劳动之后不倦地读书。而现在有的同学稍微做了一点家务事，就说会影响学习，你说真是这样吗？

（2）刘邦是个庄稼汉却能吟出《大风歌》，这说明了一个什么样的问题？

欲求新纸代龟甲

阅读提示

人类有了语言就能进行口头交流，而口头交流受到时空的限制。为了把人生的祸福、见闻及生产经验传之后世，人类的祖先终于发明了文字。可文字写在何物之上？人类的祖先又陷入迷茫。古巴比伦人书于羊皮，古埃及人书于草皮，玛雅人刻于石壁。然而，这一切都不能与中国人的发明相比，蔡伦发明的造纸术使人类文明有了实实在在的载体，其功绩何其伟大！

讲故事

文字是人类文明发展的产物，也是传播人类文明的工具。人类寻求文字的载体却走过了一段漫长而曲折的求索之路。

传说自仓颉造字之后，远古的人们对这个超自然的玩意儿非常地有兴趣。那些头脑有点灵犀的人在捕鱼狩猎、茹毛饮血之后，并非在荒草丛中倒头便睡，而是找一块锋刃的石块，在树干或地面上饶有兴致地刻呀画的，映入围观者眼中的便是一个个自然界中所没有的新奇符号，这就是人类所发明的最早的文字。后来，聪明的人类尝试着把部落中的大事，如捕到一只大象、头人生子、疾病流行、日食等刻记在木头上。而木头极易腐朽，于是，聪明的人类又把眼光转向了垃圾堆中的龟甲和兽骨。后来，人类开始分化，有了贵贱之分，贵族们觉得写字也应与奴隶有别，他们就在绢上写。绢轻而贵，甲贱而笨,能不能长到一种便宜轻便的书写工具呢?人类又摸索了几千年,直到东汉时期一个叫蔡伦的中国人出现,才将这一梦想变成为现实。

蔡伦,字敬仲,生于桂阳之北(今湖南郴州),小时候是一个聪明伶俐的孩子,读书非常用功。长大以后,学问逐渐渊博起来,名声也传向四方,后来竟传到了宫廷之内,连皇太子也听说了。汉和帝即位后,蔡伦被提拔为中常侍,每日不离左右,成为了他的亲信。

蔡伦是有心做学问的人,每天辞朝以后,即闭门谢客,疏于交际,或手捧书卷。若头脑倦怠,便走出大墙去乡村与质朴的农夫谈天。这种与民众生活的接近,使他非常了解和同情民间的疾苦,也酿成了他发明木质纤维纸的动因。

蔡伦喜欢读书,特别体会到读书人的苦处。那时,读书人把字写在竹简上,用绳索穿起来就成了书,一部书往往有百十斤重。这样的书捧在手中胳臂疼,借阅须得牛车拉,十分不便。少数有钱人把字写在缣帛上,以缣代纸(纸字从系即由此而来),穷人如何买得起?能否造出一种轻薄好写又省钱的纸呢?蔡伦的头脑中久久地萦绕着这个念头。

蔡伦是一个勇于探索的人,他不耽于空想,而是多方试验。他曾剥过树内皮那极薄的韧层,也注目过巨大的桐叶,但都没有成功。他想,缣纸在于丝织,有经纬线故薄而韧,能否找材料织成纸呢?他尝试过室内室外千百种事物,也一天天地试验着,但仍没有成功。他很苦闷,是否自己异想天开,世界上根本不存在那种"纸"?经过冷静地思考之后,他认为还是功夫未到,那种东西是能够找到的。一天,他家里来了一位乡下亲戚,送给他一些以麦粉调浆烙成的薄饼。蔡伦一见,心中豁然开朗:用这种方法不也能造出薄纸吗?于是他到处寻找能够做浆的材料。经过多次试验之后,他筛选出破布、渔网、麻、桑树皮等物,将它们浸泡后放在石舂中捣烂,成为一团浆,再把那浆一层层均匀地铺在平板上压实晾干,结果浑然一体,成为一张半透明的纸张——世界上第一张纸在中国就这样诞生了!人们用毛笔书写之后,都说"行!行!"大家都欣喜若狂。

后来,蔡伦对他的发明再作了一番改进完善。为了造福天下的读书人,公元105年,他向朝廷递交了一份报告,详述了新纸制作的过程与要领,恳请皇上御批推广。朝廷即通令天下仿效采用,并命令蔡伦传技巧于工匠,广泛制作。此后几年,新纸即风行天下,那些破布烂鱼网以前还是赘物,此时成了俏货,废物变宝了。最高兴的是那些读书人,新纸又轻又软胜于缣帛,买得起用得上，他们的欣喜之情是实难言状的。

人民为了纪念这位伟大发明家的历史功绩，把发明物与发明人联系起来，称此纸为“蔡侯纸”。为何叫蔡侯呢？因为郭太后曾为嘉奖蔡伦的贡献封他为龙亭侯。

下笔当惜墨，抚纸怀蔡侯。历代文人是忘不了蔡伦的，然而在封建社会，这位伟大的发明家却好运难常。公元121年，朝廷内部争斗十分激烈。蔡伦在宫中当太监，经历了4代皇帝，前后长达四五十年。他人很能干，声望和地位又高，自然成为人们攻击的目标，特别是邓太后执政时蔡伦甚被宠信。太后一死，安帝正式亲政，大臣们追究旧事，命蔡伦前往投案。可他因自己名扬天下，地位崇高，亲到受审实有伤自尊心，于是一天深夜整肃衣冠，服毒自杀了，时年约70岁，一代大发明家，就这样因封建帝王家务纠纷而毁灭，令人感叹！

（1）蔡伦竭尽心力才发明了造纸术并献给了朝廷，没有得到一分钱的奖赏。你认为这样做值得吗？

（2）中国的指南针、造纸术、印刷术、火药这四大发明传给了西方，却招来西方的侵略。这说明了一个什么问题？

平定天下谋功高

阅读提示

帝王治国平天下既要武将，更需谋臣。魏武帝曹操深通谋略，极善用兵，一般人根本不在他眼里，谁还敢当他的谋士？可就有一位年轻人敢入曹营并赢得曹氏敬重。依他之计，曹军以弱敌强，打胜了官渡之战，使北方改天换地；又因无他，曹操以强敌弱，大败于赤壁，差一点连命也搭上了。这个人实在抵得上十万兵，此人是谁？

讲故事

自古以来，颍川是人才辈出之地。东汉灵帝时期，那里就有一个不凡少年，从小有远大的抱负和眼光，好读《春秋左氏传》和《战国策》，常在掩卷之余长思天下时局演变，细察当朝大势。他已预见汉朝衰象四伏，气数已尽，亡乱不可避免。于是，他不与世俗同流合污，只结交少数英才之士，可谓“精英外交”。和名士们放谈朝政，推论因果，因此，他虽不为一般人所知，但圈子内的知名有识之士都非常推崇他。这位不凡少年就是郭嘉。

郭嘉饱读书文，胸有大志，却不像赵括那样纸上谈兵。他渴望遇上一位明主，为其效力献策，托付终身，立功扬名有人知他抱负不凡，就尽力举保他。27岁那年，他被辟为司徒府。他上任后每日勤勉处理公务，效力英雄之梦仍在胸中萦绕，却苦于报效无门。灵、桓二帝昏庸羸弱，不是中兴汉朝的撑天柱石，环顾朝野，多畏缩懦怯之徒，看不见一颗耀眼之星。只有门第高贵四世三公的袁绍力量颇为强大。郭嘉就投奔到袁绍麾下。袁氏对他也十分器重，奉为座上宾。可郭嘉住了两个多月，心中已有不快。他对知心朋友说："袁公虽知礼却不善用人，好谋而无决断，恐难成大业啊！"不久，郭嘉就离开了袁绍，不辞而别了。

离开袁绍后，也真凑巧有了个好机遇。有一天，魏王曹操问尚书令荀彧，能否再介绍几个颍川人才来。荀彧推荐了郭嘉。曹操当即召见，与郭嘉纵论天下大事。一个雄心勃勃，一个足智多谋，二人谈得好不投机，相见恨晚。曹操私下对人赞叹说："这必是帮助我成大业的人！"郭嘉心中暗暗想道："这才是我要找的贤君！"不久，曹操即任命郭嘉作了司徒祭酒，参与军机大事决策。

郭嘉决意要施展才华帮助曹操实现帝王之业，可那时曹操羽翼未丰，兵力单薄。势力强大的袁绍盘踞在北方。曹操要统一天下，第一步棋就必须统一北方。他想动手却又惧怕袁绍。郭嘉深知曹操内心，就首先举了汉朝刘邦势弱却打败兵强的项羽做例证，继而分析曹操有十胜，袁绍有十败，从政治、人心、度量、军情等十个方面进行比较，把双方分析得淋漓透剔，令人信服。曹操雄心大发，信心百倍，决意进军。郭嘉又建议在策略上先打吕布以削弱袁绍的盟友。曹操听取了他的意见，三战大败吕布却未能将其生擒或杀死。曹操见基本达到目的又士兵困乏，便打算退兵，郭嘉却坚决主张继续进攻。果然不到一个月就攻占了下邳，杀了吕布，除掉了一个心头大患。这是郭嘉首次出谋成功，威望骤然升高，此时年仅28岁。

公元200年，曹操与袁绍决战官渡。此一战中，袁绍兵将五倍于曹操，稍有失误，曹操就有全军覆没之危。而在这生死关头，背后又传来东吴孙策欲乘机偷袭许都的情报，曹操担心腹背受敌，大臣个个恐惧惊慌，独有郭嘉认为无忧。他说："孙策在江东树敌太多，内部不稳，早晚必有内乱，他到不了许都。"果然，不久孙策没来得及北上渡江就被人杀死。众人齐夸郭嘉料事如神，对他更敬重了。

官渡一战，曹军偷袭袁军屯粮之地乌巢，大败袁绍，部将建议乘胜追讨袁绍的两个儿子袁谭、袁尚，以绝后患。郭嘉却力排众议，他说："袁氏兄弟本有矛盾，钩心斗角，如果急攻他们就会一致对外，不如缓一缓让他们自相争斗。"不出所料，曹操一退，袁家兄弟就为争夺冀州大动干戈，袁谭吃了败仗主动来降曹操，袁尚逃到乌丸。这样曹操没费多大气力就一举平定了北方。曹操见事情完全合乎郭嘉的预见，对他的洞察力和谋略更加赞赏不已，说了八个字："平定天下，谋功为高"。

北方的统一使曹操有了巩固的后方，军威大振。君臣商议乘势南征统一中国，不料郭嘉大业未成身先死，年仅38岁。曹操悲痛至极，认为损失无人弥补。果然，后来在赤壁之战中，占尽优势的曹军却被孙刘联军打得落花流水。战船烧毁，兵士死伤无数，曹操也差点丧了命，魏国元气大伤。当年官渡之战袁氏的悲剧颠倒过来在此重演。曹操逃脱性命后痛哭："若郭嘉在，我何至如此！"众人无不掩泪。

郭嘉生而立志，寻觅明主，为曹操所用，辅佐他统一北方，虽因早逝未能使魏王称帝，可也算是壮志已酬了。

（1）有人说："郭嘉虽有志气，可他要投靠袁绍、曹操，为什么不能像刘备那样自起炉灶？这算不得有志气。"请你分析这段话，并说说它错在哪里。

（2）"郭嘉虽然聪明且有志于干一番事业，可身体不好中途夭折，这说明有志气还得有好身体。"你同意这种说法吗？结合本篇故事，请你谈谈德、智、体全面发展相互关系的道理。

博采众书成大典

阅读提示

一个孩子的母亲是封建社会地位低贱的妾，在厕所里把他生下来，还碰伤了头，被人鄙视，真是可怜！此时如果一味自卑叹气，恐怕一辈子也难以出头。可这孩子有志气，读书作文都超过受宠的哥哥，长大后更一鸣惊人，写出一部受人称道的《后汉书》来，令人不得不敬。

讲故事

在我国卷帙浩繁的史书中，人们把《后汉书》与《史记》、《汉书》、《三国志》并称为“四史”。历代学者对《后汉书》推崇备至，认为此书不仅自成一家，而且跨越众氏。可谁能想到，完成此书时作者年仅34岁，他就是著名的史学家范晔。

范晔，字蔚宗，公元398年出生于一个名门望族之家，祖籍顺阳（今河南淅川），家居山阴（今浙江绍兴）。他祖父范宁是东晋著名的经学大师，著有《春秋谷梁传集解》，官至豫章太守。他的父亲范泰入宋后，被拜为金紫光禄大夫、加散骑常侍，是宋武帝刘裕的开国勋臣。家族如此显赫，范晔本该一出生就荣华富贵享受不尽。然而恰恰相反，他从小就遭人白眼，备受欺凌，说话也好，做事也好，总被人挑错责骂。因为范晔的母亲不是父亲的正妻，而是妾，他就不是嫡子而是庶子。更糟的是，母亲竟把范晔生在厕所里。他的前额还被厕所的砖头碰伤，于是成了大家嘲弄的对象，家人都管他叫“砖”，外人鄙视侮辱他就更不用说了。

范晔母子不能同父亲的正妻和嫡子同桌吃饭，穿衣居住处处都有差别。父亲也极少同他亲昵。他只能在屈辱和眼泪中与可怜的母亲相依为命，过着冷清寂寞被人遗忘的日子。他就用发奋读书来排遣胸中的压抑和痛苦，常常一抱起书来就被书中古人和史事所迷，而忘却周围的一切。他自强不息，希望将来能出人头地，为自己、为母亲争口气，因此学业上进步很快。人们评说他“博涉经史，善为文章，能隶书，晓音律”，少年就颇有名气。他的嫡兄即那个正妻生的儿子范晏，被母亲当作掌上明珠宠爱着，只会撒娇，读书怕苦，文章没有范晔写得好，经史也没有弟弟懂得多。可是，他不思进取，反而妒忌弟弟的才能，常指着他的鼻子臭骂：“你这块‘砖’逞什么能？你这小子野心大，早晚要败了我们家门第。”正妻也常常搬弄是非，贬低范晔，结果连父亲也一点不喜欢他，早早把他过继给了伯父范弘之。

范晔离开亲父反而得到了安宁，更加专心致志，学问名声也愈来愈大。成年后，即被委任为一小官。宋文帝时，他有机会参加朝会，面见皇帝。宋文帝知他弹得一手好琴，屡屡暗示要他给自己弹奏几曲，可范晔故意装糊涂，不愿讨好皇上。有一次，宋文帝宴请群臣，气氛热烈，文帝对范晔说：“我唱个歌你给伴奏吧？”他只得奏了起来，可等文帝一唱完，他就放下琴，惹得文帝心中不悦。范晔生性就是如此倔强，从不趋炎附势，巴结权贵，这与他小时的经历有关，因而很受嫉恨和排挤。特别是公元 432 年，彭城王刘义康的母亲去世。范晔曾做过刘义康的僚属，赶去送葬，夜里和几个好友喝起酒来，还以听挽歌为乐。刘义康好生气恼，几句谗言，就把桀骜不驯的范晔逐出京城，贬到宣城当太守去了。

在朝廷和京城的几年间，范晔目睹了最高统治者只知享乐、醉生梦死的腐朽生活，大臣一味讨好皇上、尔虞我诈、擅权舞弊的黑暗政治。加上幼时所受的屈辱和宦海的浮沉，他对社会有了深刻的理解。他对后汉的历史本有研究，决心写出一部新史书，把自己独到的见解和满腔的义愤寄托其中。如今他被贬宣城，无须朝会，政务之外，正好写作。他就多方酝酿，搜集资料，分类记载，日夜抄写，终于在 48 岁时完成了《后汉书》的十纪、八十列传，即完成了该书的主要部分。序例和十志尚未脱稿完成，可惜的是这一年范晔因被害致死，年仅 48 岁。

范晔说过，他写《后汉书》的目的是“正一代之得失”，即是要总结历史的经验和教训。他在历史上第一个明确提出，历史编纂为政治服务是一大进步。在体例上，他对前代史书进行了对照比较，认为纪传体最适合他的写作意图，却又不完全照搬。他还创立了许多新名目，如“逸民”“独行”“党锢”“宦官”“孝子”列传等。他还专辟出一目为妇女立传，即创立《列女传》，这也是前无古人的。

《后汉书》敢于把矛头指向最高统治者，抨击朝廷外戚、宦官、豪强共同横征暴敛，以至官逼民反，认为这是社会动乱的根本原因。书中还宣传无神论思想，也具有极大的进步意义。

在艺术成就上，《后汉书》旨精意深，结构严谨，文字优美。许多篇目被后人视为文章楷模，令人百读不厌。在中国史学史上，范晔和他的《后汉书》都占有重要地位。

母为妾，生于厕，被辱为砖的孩子能有如此出息，难道不是志气和毅力使之然吗？

(1)“范晔小时候被人叫作‘砖’，使他内心痛苦而发愤取得成就。因此，我们也应该给同学起诨名，以刺激他们上进成长。”你认为这种说法正确吗？为什么？

(2)范晏见范晔比自己文章写得好就嫉妒他，这反映了范晏的一种什么心态？你能把他们两人的志向作一比较吗？说说有什么不同？

功如青山志如虹

阅读提示

罗贯中是大手笔，把一己尊刘贬曹的倾向妙迁于人，使读过《三国演义》的读者无不切齿痛恨曹操而同情刘备。曹操真是那个小时候无赖、不读书善撒谎、长期以怨报德、多疑、残忍、奸诈，一心做着皇帝梦的野心家吗？这实在有违史实，歪曲了一位有抱负的诗人和政治家的真面目。俗话说得好：兼听则明，偏信则暗，还是看完下面这个故事后再作论断吧！

讲故事

在旧戏的舞台上常有一个白脸奸雄因狡诈残忍而遭人唾骂，就是文学艺术中曹操的形象。其实历史上真实的曹操完全不是这样的人，而是一位杰出的政治家、军事家和诗人。他为统一祖国北方，发展中原经济作出了千古不朽的贡献。

曹操字孟德，小名阿瞒，公元155年出生在谯县(今安徽亳县)一个宦官家庭，并在谯县度过了少年时代。因父亲在外为官，对他管教不多，养成了他任性放荡的性格，谁也不敢轻易惹他。但他同时又十分好学，异常勤奋。只要是他喜欢的书，如《楚辞》、乐府诗歌、《孙子兵法》及史书之类，他读起来孜孜不倦，废寝忘食。他特别崇敬历史上那些有文治武功的杰出人物，如辅佐齐桓公成就霸业的春秋政治家管仲，庭前演阵斩姬的大军事家孙武，帮助秦孝公变法强邦的商鞅，横扫六合统一天下的秦始皇，具有雄才大略、亡秦灭楚的汉武帝，对记载这些人物事迹的史书看了一遍又一遍，以致穿竹简的牛皮都快断了。这些具有文韬武略人物的形象在他心中时时闪现，激发着他立下远大抱负，渴望像他们那样，在自己的一生中成就一番事业，以在史册上留下一世英名。

由于放荡不羁，缺乏管教，曹操少年时期确有不少毛病。他叔父多次在他父亲曹嵩面前说他的坏话。曹操忌恨叔父，就想办法治他。有一天，他见叔父远远走来，就猛地倒地，口吐白沫，嘴眼歪斜。叔父大惊，忙向曹操的父亲报告。可等曹嵩心急如焚赶来一看，曹操却在那里好端端地玩耍。曹嵩问他刚才怎么倒地。曹操惊讶地说他一直好好的，肯定是叔父撒谎。从此曹嵩就不相信曹操叔父的话了。

渴望显达之心支配和主导着曹操。他强迫自己在室中拼命攻书，出庭则顽强习武，使他练就出一手惊人的骑术和箭法，有暇又议论时事。他的身边聚集着一群同他一样渴望有所作为的青年，有时纸上谈兵，争得面红耳赤；有时一起射猎千骑卷平岗。曹操是个粗中有细的人，为了牢记古兵书中的战术精华，他把各部兵书中的要点摘录出来汇集成册，名为《兵书接要》，以为日后指挥千军万马、决战沙场之用。曹嵩见儿子有如此进取之心，连连夸奖说："这小子将来一定有出息！"

20岁时，幸运降临在曹操头上，他得到了一个出仕机会，被州郡推举为"孝廉"，做了洛阳北部尉，掌管治安。这个官可不是好当的。由于洛阳为京城之地，贵戚皇亲咸居于此，权贵豪门、官宦子弟人多势大，横行不法，把洛阳城搞得乌烟瘴气、命案不断。百姓提心吊胆，敢怒而不敢言。曹操上任后以初生牛犊不怕虎的勇气，发誓要治治这群不法之徒。他制定禁令，满城张贴，又制作出几根五色棒悬挂于城门之上，声言不论何人犯法，均以五色棒杖死。豪强们哪里把这个毛头小子之言放在眼里，依然我行我素。不久，汉灵帝宠幸的宦官蹇硕的叔父就夜砸民宅，欲抢民女。曹操怒火中烧，把他抓来，用五色棒乒乒乓乓一阵乱棒处死。这一下震撼了整个京城。权贵们私下议论纷纷，方知这小子来者不善，再也不敢肆意妄为了，京城百姓的日子也好过多了。

30岁时，曹操升为济南国相。济南是西汉城阳景王刘章的封地，后人建祠庙六百多处为他祭祀。地主豪绅乘机敲诈勒索，迷信活动猖獗，伤财败俗，民多怨苦。曹操到任后，一张文告，下令将济南境内大小六百余所庙宇全行

▲烈士暮年　壮心不已

拆除，还罢免了8名贪官，这一招又震惊济南城，街谈巷议，百姓欢呼，使得“奸宄逃窜，郡界肃然”。

公元188年，曹操调任京都中央禁卫军典校尉，适逢陇西军阀董卓进京废少帝立献帝，自封丞相独揽大权。曹操恐遭其毒手，乃连夜改名换姓逃出京城，在家乡招兵买马建立自己的势力。在吕布杀死董卓后，曹操迎献帝到许都，自己乘机做了大将军。他颁令屯田，广修水利，使粮多民乐，为登上权力顶峰奠定了基础。

公元198年，曹操开始实践统一北方的宏图壮志，他首先进兵下邳，一举消灭了军阀吕布，接着挥军北上，向盘踞北方的军阀袁术、袁绍发起进攻。袁氏兄弟四世三公，盘根错节，兵力强大，根本不把曹操放在眼里。两军在官渡摆开决战架势，曹操在敌众我寡的危险关头，出奇兵袭击袁军后方屯集粮草的乌巢，烧毁袁军的粮车万辆，使袁军不战自乱，被斩杀七八万人。袁绍气得吐血而亡。此后曹操乘胜扫荡其他势力，终于实现了祖国北方的统一。

公元208年，曹操想进而统一南方，亲率20万大军南下荆州欲灭刘备和东吴孙权，却不料被孙刘联军用火攻烧毁大部战船，损失惨重。这就是有名的赤壁之战。此后，曹操又数次伐吴，多有小胜。64岁时还亲率10万大军，征服关西一带的马腾、马凉、韩遂等军事势力，巩固和扩大了统一的版图和战果。此时，虽然年事已高，曹操仍雄心不灭，壮志犹在。他写了一首抒怀四言诗：“老骥伏枥，志在千里，烈士暮年，壮心不已。”

这首诗表达了诗人心中欲平定天下，创立秦皇汉武那样统一中国伟业的愿望，令人潸然泪下。然而，在有生之年，他的这一愿望未能实现。公元220年正月，曹操因头痛病发而逝世于洛阳。

曹操虽未完成国家统一的大业，但从顽皮小子奋斗到与蜀、吴鼎立的魏国之主，叱咤风云，攻城略地，雄踞一方，显尽英雄本色，且运筹帷幄之余，提笔挥毫，写下不少流传千古的隽永诗篇，成为建安文学的代表人物之一。他的儿子曹丕、曹植、曹冲也个个成才。曹操真是一位了不起的风流人物。

“曹操的事例说明，小时不烈大时不得，我们也要像他那样，小时尽量调皮捣蛋做些出格之事，长大后再树立理想拼命奋斗，做个有为之人。”

“曹操撒谎治他叔父真是个妙招，我们也不妨在父母、老师、同学面前撒点谎，以便自己渡过难关。”

请你判断一下，上面这两段话对吗？为什么？

鞠躬尽瘁励后人

阅读提示

在资讯不发达的古代，一个人如何能身居荒野而心知天下？一介书生能在战场上决胜千里吗？舌战群儒犹可信，巧借东风假是真？事无巨细，皆必躬亲，为谁辛苦为谁忙？七擒孟获有功，六出祁山欠妥，以弱伐强，知其不可而为之，为何如此？出师未捷身先死，智慧化身是否知？诸葛，奇人。

讲故事

诸葛亮是三国时期著名的政治家、军事家，也是中华民族智慧的化身。千百年来，他卓越的聪明才智折服和滋养了一代又一代人。不少人以为这位杰出的丞相小时一定受过良好的教育，殊不知他幼时多灾多难，未进过学堂，全靠自己自学成才。

诸葛亮，字孔明，祖籍徐州琅琊。3岁时，他母亲就去世了，父亲又当爹又当妈地把他拉扯到8岁，又因操劳过度而身体虚弱，被一场风寒夺去了生命。诸葛亮与兄姐弟一起去襄州投奔叔父诸葛玄。不久，叔父调任荆州，兄妹四人又一同赶到荆州。由于社会动荡，官场倾轧，薪水微薄，人口众多，诸葛玄不胜操劳，几年后也因病而逝。兄弟只好各奔东西。17岁那年，诸葛亮辗转来到襄阳，谋事不成，他就到城西乡下隆中的一个小山村安下身来。每日起五更挥大锄，他在荒山上开辟出一片地，种上庄稼自食其力。他从叔父那儿带回了些书，一边种地，一边自学起来。每日野外辛苦耕作之后回到小屋，点上一盏青灯，借着豆大的亮光，仔细阅读那经史子集。他读书有一个特点，不太喜欢死读书，也不死背书，而是一边读着，一边思索，既钻得进去，又跳得出来，这种方法大有裨益。他虽贱为一介农夫，却志存高远，对古今兴衰，帝王治乱也有着独到的思考和理解。远近一些志大才高的青年人，如崔州平、徐庶、石广元、孟公威等常与他往来，在一起畅谈情怀，指点江山，评论时政。诸葛亮对春秋时期辅佐齐桓公成就霸业的政治家管仲、帮助燕昭王打败强齐的战国名将乐毅非常推崇，以之自比，决心像他们那样做一个有抱负的政治家，将来辅佐一位贤君成就一番事业。

在隆中躬耕苦读10年，为诸葛亮打下了坚实的基础。广泛交游，扩大了他的胸怀和视野，也得到了许多信息，了解和掌握了当时各方军阀的实力和利害，时常发表一些深刻的见解，得到了一些大名士的赏识，称他为"卧龙"。此时，汉室宗亲刘备刚吃了败仗，为恢复帝业，渴求人才，有人向他推荐了诸葛亮。刘备心急如焚，带着关羽和张飞，三顾隆中茅庐，以诚心感动了诸葛亮出来相见。刘备单刀直入，向他请教匡扶汉室的良策，诸葛亮侃侃而谈，将天时、地利、军情、国势、敌我多方分析得有理有据，两人演出了一场隆中对。刘备没有想到诸葛亮未出茅庐已知天下三分，大喜过望，认定诸葛亮确非等闲之辈，决意请他做自己的得力助手和高参。

公元208年，诸葛亮刚出山一年，就遇到一场严峻的考验。北方大军阀曹操亲率20万大军，杀气腾腾地直奔荆州，要彻底消灭刘备。形势危急，刘备无力抵挡，诸葛亮建议即刻联络东吴共抗曹兵。可是谁去说动东吴呢？诸葛亮决定亲自出使，结果在江东演出了一场舌战群儒的活剧。

曹兵南下，孙权集团内部也沸沸扬扬，有的主战，有的主降。在孙权的大堂上，诸葛亮一到达，朝臣就向他连连发问，诸葛亮以一张嘴对付几十张嘴。他从容镇定，先以凛凛之气镇住了主降派，又以精辟的分析鼓舞了主战派，最后又以激将法促使孙权举剑劈桌下了联刘抗曹的决心。诸葛亮此行取得了文战的胜利。

接着是武仗。曹操20万大军沿江而下，声势浩大，而孙权只有3万人马，刘备残军不足2万，区区5万人马如何迎战曹操的20万大军？诸葛亮知道只能智取，不能力敌。于是，殚精竭虑，见曹军舰船相连，与周瑜共谋用火攻；又巧借东风，将曹操数十里战船全部烧毁。曹军大败，曹操也差点做了俘虏，只带着少数人马逃回北方，史称"赤壁之战"。27岁的诸葛亮力挽狂澜，以少胜多，一举扭转了刘备颓败的劣势，奠定了三国鼎立的局面，充分显示了他杰出的政治、外交和军事才能。

赤壁之战后，刘备化险为夷，又依孔明之计占了荆州，从此有了立足之地，接着又攻占了东西两川。刘备对诸葛亮更加器重，实力也逐渐增强起来。不料大将关羽一时骄傲，忘了军师之言丢了性命不说，还丢了荆州。刘备要为自己的结拜兄弟关羽报仇，结果为吴将陆逊大败而一病不起，死前在白帝城托孤，让诸葛亮辅佐刘禅。至此，蜀国刚刚恢复的元气又被损耗殆尽，诸葛亮苦心经营多年的成果毁于一旦。

后来，诸葛亮又忠心为刘禅效力。在君死将亡、国势衰微之际，诸葛亮鞠躬尽瘁，事必躬亲，念念不忘统一大业。他重修吴蜀之好，南征蛮荒，七擒孟获，巩固了后方；又选贤任能，发展农业，使国力有所上升。公元234年，他亲率10万大军，进军五丈原，六出祁山，攻占了一些城池，而魏军主帅司马懿死守不战，相持四个月，蜀军供应吃紧，诸葛亮心力交瘁，终于病逝五丈原，葬于定军山。去世前，他安排蜀军从容撤退，并交代了后事。

“出师未捷身先死，长使英雄泪满襟”，诸葛亮虽未能实现统一中原的理想，但他鞠躬尽瘁的精神永留史册。

(1)诸葛亮边劳动，边看书，能够自学成才，我们今天要想成才，仅靠老师的教导行吗？

(2)刘禅昏庸无能，诸葛亮还忠心竭力为他效劳，这值得吗？

起于绫机　憾于兵器

阅读提示

中国古代盛行孝道，一个小儿看母亲纺线织纱甚苦，暗下决心要改进织机，竟终于成功，令人感动；而与他人的几句争论导致指南车的问世，令人惊叹；居地高坡引发制造翻水车，令人佩服；还有很多机关巧器却因朝廷冷淡而未能问世，又令人扼腕叹息。此是何人？头脑中哪来如此多的点子与智慧？此篇值得一读。

讲故事

三国时期，曹操是最有名的爱才惜才的人。他的麾下有一大批从各地投奔而来的文臣武将。因此，曹魏朝廷可谓人才济济，实力雄厚。不过，一山容不得二虎，能人多了，难免引发些互不服气、论争抬杠的纠纷来。

有一天，几位朝臣在朝堂上说到指南车的话题，常侍高堂隆、骁骑将军秦朗与给事中（皇帝左右的一种侍从官）马钧辩论起来。高、秦二人坚决认为古代根本没有什么指南车，人不可能制造出这种东西，史书记载乃道听途说之言，不足为据。而马钧则坚持认为，指南车乃古人一大发明，诸葛亮等人在战争中使用过，确有其物；只要人肯动脑筋，指南车是可以制造出来的。高、秦二人一听马钧之言，当即讥讽说："那好，用不着争论，就请马先生造出一部来看看，我们就信服了。"这不是当面出难题吗？文武百官一下子都瞧着马钧，看他如何下台。马钧生性刚烈，哪容得这种羞辱，就硬气回答说：

“造就造。你们等着看就是了!”魏明帝上朝后听说了此事,当即下令马钧重造指南车,以作军用。

马钧回家后,母亲、妻子好生埋怨,觉得他为一场口角而被人推到悬崖不值得,如果造不出来,一是令天下人耻笑,二是有违君令,那是好玩的么?但马钧一言既出,驷马难追,他就从工部那儿借来多种谈器物的书,用心钻研起来。书中谈的很多是专门知识,又有极复杂的演算推导过程,此非马钧所长。马钧被逼得既要学机械,又要揣摩缀术算学,有时一天只啃下几页书,焦头烂额,头昏脑涨,全家人也因此担惊受怕,寝食不安。可一旦他豁然明白,笑意爬上脸来,家室内也云消雾散,雨过天晴。这样的日子反反复复不知经历了多久,马钧总算具备了相当熟练的器械知识,算学推演起来也逐渐精通,得心应手了。他便开始伐木锯树,准备材料做试验。他从没见过什么指南车,既要推而能行,又要解决行走进退中如何永远指南的关键问题。他用木板设计了多种姿势,拆了做,做了拆,但木人的手臂就是不能永指南方。不知熬过了多少不眠之夜。有一次,马钧不知怎么突然来了灵感,他想到了磁铁。于是,他找来一大块磁铁锻成长条形,把它装置在木人手臂前端,又把木人的腰削得很细很光成圆轴形,装在一个活套里,木人身体可以很轻巧地转动,那手上的大磁铁为地球巨大磁场所吸引带动身子旋转,不论进退,手臂就永指南方了。

眼看期限一天天临近,马钧那儿还没有什么动静,部分大臣准备看笑话。有一天,朝廷内忽然骚动起来,有人朝外边一指说:“看,那是什么?”众目睽睽之下,只见马钧人瘦毛长,面如焦土却满脸春风、精神抖擞地推着一辆奇车而来。那车上木人的一只手臂稳稳地指向南方……指南车终于重现了。朝廷上下无不称奇,高、秦二人更是佩服。

马钧何以能实践诺言造出指南车?一是他这人有志气,说到做到;二是儿时有点机械知识的基础。

原来,马钧出生于陕西扶风(今陕西省兴平县)。年少时,马钧家中甚是贫穷。父亲辛苦劳作,每日栉风浴雨,腰弓背曲,种的粮食却远不足家人衣食。幸亏母亲勤劳能干,操起家中祖传的一架木纺机,每日三更起半夜眠,纺麻织帛,补贴衣食。母亲每次从织机上下来,骨头像散了架子,总让马钧轻轻地捶上一阵。劳累了一天,纺的纱却仅有几两。马钧每日眼见,心中想着如何改进织机,让母亲轻松点,少动手而多纺线。通过观察,他发现那架织丝的绫机异常地笨,五十综者要五十蹑,六十综的要六十蹑,平均一蹑才一综，费力气、耗时光、效率低。如何改进呢？他看出关键在提高蹑的功效，便每日私下琢磨改进的方法，又常以木条竹竿做试验，试了千百次终获成功，搞成了一蹑五综，工效一下子提高四倍，四邻八方纷纷仿效改进，莫不啧啧称赞。

马钧到曹魏后，做了给事中，出朝理政之外，仍有志于机械发明创造。有一年，他搬家到京城洛阳的一处官邸。宅边有一处荒土坡，他思索着可以开辟出来种点花草菜蔬什么的，但不足的是，地势较高，水流不上去，无法灌溉，而人工挑水又太费时费力。马钧是个肯动脑子的人，琢磨着要搞出一种提水的机械，闲来动手试验制作起来。大半年后他就制成了一种翻水车，即使小孩也可推而转动，提水上坡，循环往复，生生不息。

翻水车发明后，种植的花果果然长得青葱茂盛。马钧又想，河流一般较田地低，农夫取水浇田不正如这土坡吗？此车可向农夫推广。他又作了进一步改进，再教给农户，大受欢迎，几年之间在广大地区普遍使用起来，效率胜过他法百倍。这是中国古代第一部木式水车，大大促进了中国古代农业生产的发展。

马钧还有其他一些机械发明，还曾想制造一种远射箭弹的机器保卫国家，可惜他为人木讷，不善言谈，许多才能尚未能发挥出来。这实在是国家的一大损失。

(1)指南车是马钧赌气造出来的，而纺机是热爱母亲而改进的。在这些发明中，表现了马钧的一种什么性格？

(2)“个人兴趣爱好与社会发展相联系最有意义，也最可能成功，马钧发明翻水车证明了这一点。”你同意这种说法吗？

幡然改过亦圣贤

阅读提示

一个家有良田千顷的纨绔子弟，平时作恶乡里，祸害平民，遭人痛恨，被列为“三害”之首。这人忽一日明白过来，欲改恶从善，重新做人。他改得了吗？谁教育他？谁督促他？最后结局又如何？不妨细心读读下面这个故事。

讲故事

三国末年，吴国由暴君孙皓当政，酷刑重赋，江东百姓苦不堪言。

连年的争战搞得国库空虚，民丁稀少，田野上插禾播种的尽是寡妇残男。一个个衣衫褴褛，面色黧黑。而孙皓毫不体恤，穷奢极欲，入不敷出，更加横征暴敛，以致民怨沸腾，国临崩溃。而江东义兴一带百姓更是雪上加霜，除了官府吸血压榨外，更还有一个为非作歹的小地痞流氓，寻衅滋事，横行乡里。

这地痞姓周名处，字子隐，义兴县阳差人。其父周鲂，做过郡阳太守。可周处很小时父亲周鲂就去世了。母亲对儿子娇纵迁就，养成了周处放荡不羁的性格。周家在当地属江南望族，家中田产，阡陌纵横，雇用佃户短工无数。周处少年时代完全不为衣食发愁。这孩子又长得膀阔腰圆，力大过人，时间过剩，精力充沛，加上无人管教，每日里只是舞枪弄棒，村里村外，横冲直撞，性子越来越野，胆子也越来越大，时常惹是生非，闹得乡里鸡犬不宁。

有时还跨上一匹马，带上一帮游手好闲之徒上山打猎，前呼后拥，追鹰撵兔，踏坏了庄稼撞伤了人，还责怪人家挡了他的去路。乡邻怨气冲天，恨之入骨，巴不得他早死。

浑浑噩噩地过了多年，大约在20岁的时候，周处好像突然懂点事了。他想，祖辈为国立功，杀敌保疆，留下英名，荣耀门第，为后人积德积善，如今我也是7尺汉子，一身力气，可半点功劳影子都没有。我如何做出显身留名的事，也让十里八乡百姓夸夸呢？

机会来了。有一天，周处从村头老槐树下走过，听到几位农夫在树下闲聊，其中一位花白胡子的老大爷说："今年老天有眼，丰收在望，可'三害'不除，仍没好日子过啊！"

周处平时接触的是那帮哥们，从没听说过什么"三害"，当下禁不住好奇地连连向老农打听是什么"三害"。老者告诉他：近日南山中出了只猛虎，经常伤害行人牲畜，大家都不敢从那儿过而绕远道走，此其一；第二，长桥河下有条蛟怪，吃人伤畜，乡民们也怕得很。周处大惊道："还有这等事？"再问第三害，老人却支吾不做声了，周处不好再纠缠，就返身回家了。

周处正想在乡里露一手，决心除去二害。他悄悄作了两天准备，第三天一大早，就带着一根大棒、一把利刃向南山进发。明知山有虎，偏向虎山行。他心里不由有些害怕：打不过老虎怎么办？但他又不好意思转回去。走到山中一片茂密灌木之地时，忽觉一阵腥风，一声长啸震天动地。不由周处多想，就见一只小牛犊般大小的锦毛吊睛白额大虫横在眼前，周处魂飞魄散，本能地棒刃齐上，与老虎搏斗起来，只搅得天昏地黑。第四天，周处兴高采烈地下山来，对乡亲们说；"老虎已经被我打死了！"大家哪里肯信，直到后来他们在山中真的见到了死虎后才点头相信了。

半个月后，周处又要去捕水蛟。这东西昼伏夜出，周处守了几夜终见它露了头，便猛扑上去，骑在水蛟身上，与它扭打起来。人和蛟，一沉一浮，翻江倒海，好一场生死搏斗，那岸上远远近近观这场恶战的人，个个呆若木鸡。忽然那水蛟带着周处箭一般地向下游冲去，水面上只剩下一条浊浪。大家摇摇头，都说："这小子与水蛟做伴去了！"

谁知过了两天，周处奇迹般地又出现在村前，只见他衣衫撕烂，浑身是血。他告诉大家说："蛟——被我杀死了。"他看见许多人家张灯结彩，杀猪设筵，不知为何，便问一小孩。谁知这小孩说："大家以为你被蛟吃了，'三害'没有了，所以正高兴着呢！"

此话犹如一把利刃猛刺入周处的胸膛，“啊！原来第三害就是我，我是三害之首啊！”他没想到自己在乡亲们心目中竟这样坏。回到家里，他便一头倒在自己床上，越想越痛苦。他痛恨自己未能子承父业，未能攻读诗书，让声色犬马虚耗了自己的青春，愧对祖宗，愧对乡邻……想到伤心之处，不禁潸然泪下。他猛地对着自己的脖子举起了那把尖刀……

周处终于还是冷静了下来。他想：死也要死个明白。他听说陆机、陆云是当今名士，就不远千里到吴郡拜谒。见到陆云，他“扑通”一声倒地，向他哭诉自己小时没好好读书，现在韶光已逝，怎么办？陆云对他说：“古人云，‘朝闻道，夕死可矣。’你还年轻，弃旧图新，何患不成？”

周处顿悟，立即返乡。从此，他闭门谢客，潜心学问，年复一年，专攻不止，终于学问丰富起来，文章也越写越漂亮，人也变得深沉稳重，彬彬有礼。乡亲们见了，无不称奇。

人心是秤。周处的转变传播开来，越传越远，越传越玄……朝廷知道后，委任他担任新平太守。周处赴任后，为官清廉，精心治理，不几年辖区内民安物丰，政通人和，广受称道。难得他公务之余还勤于笔耕，写下了《默语》《风土记》《吴书》等著作流传后世。

周处从一个危害地方的小流氓，幡然悔过，改恶从善，终入贤人之列。他的这番转折，亘古少有。

(1)周处除两害时，差点赔上了性命，可乡亲们为什么高兴得弹冠相庆？

(2)人皆可以为尧舜。周处的事例说明，有错误的人只要下决心以实际行动改正，就能成为有修养有道德的好人。你能另举一个实际的例子，来进一步说明这个道理吗？

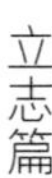

花甲弥坚论灭神

阅读提示

古代生产力不发达，科学未昌，人们解释和支配不了自然，只能祈求超人助己解脱苦难，于是造出神怪，再迷信它。而有少数先哲洞察客观，倡导科学，在万众痴迷之际，振臂高呼：神无神灭！这实在需要智慧和勇气。况且，这件事发生在一千五百年前，更令人肃然起敬了。若有人现在仍迷信鬼神，岂不可悲？

讲故事

南北朝时期，皇帝、官僚、僧侣沆瀣一气，用宗教思想愚昧民众，压榨百姓。有句古诗说："南朝四百八十寺，多少楼台烟雨中"，可见香火之旺。而在此时，有一位志士高举"无神论"旗帜，与这股官教一家的势力孤军奋战，令统治者闻之丧胆，表现了大无畏的英雄气概。他就是著名的唯物主义哲学家、无神论者范缜。

范缜，字子真，约公元450年生于南朝齐、梁时期南乡舞阴（今河南泌阳），祖父曾做过南朝的中书侍郎。范缜年幼时，父亲范濛就不幸去世，祖父又告老回乡，家道一时中落下来，生活陷于贫困之中，只有靠祖父代人抄写、母亲日夜纺麻维持生计。祖父早晚辅导范缜读书。他很懂事，每日教的诗句文章，他总是用心记牢，并一遍一遍地背诵，从不让辛苦劳作的母亲操心。祖父见孙子能如此攻书，心里也十分欣喜。邻居们都以敬佩的眼光看待这位日渐长成的儿郎，羡慕范母心血没有白费，养了个争气的儿子，范家后继有人了！母亲虽然一年年白发上了头，腰脊弯曲，但一看缜儿如此自尊出息，反而越操持越有劲了。

家境愈来愈贫寒，吃饭是野菜汤不消说，范缜一个少年郎穿着补丁叠补丁的粗麻布衣，免不了要受那些满身绸绮的富家子弟的讥笑。可范缜求学之志不减，心中犹如一团火在燃烧。他要出人头地，做个有名望的人才，来报答祖父、母亲和死去的父亲。可如何才能尽快成才呢？他分析了许多古人的成才道路，于是效法孟子，拜名家为师，以促进学问。当时沛郡的大学问家刘瓛名贯中原，影响很大，于是范缜十多岁时毅然告别祖父和母亲，挑起简单的行李，到千里外的沛郡求学去了。

刘瓛学馆果然气派不凡。刘瓛学识渊博，家中藏书丰富，已有一大群学子在此从师。不过他们多为有钱有势的富家子弟，出入车马相随，服饰华丽，寻花弄月，饮酒吃肉，好不快活；而范缜一身布衣，脚穿草鞋，面目清瘦，一副乡下佬相。开始，那帮人看他很不顺眼，背地里叫他“叫花子”。可范缜毫不自卑，他追求的是学问而不是服饰车马，别人的讥讽反而促使他更加发愤用功，很快就受到了刘瓛青睐。刘瓛对他格外器重，悉心培养，单另给他增添了不少典籍，要他熟读深思，撷其精华。范缜不负厚望，很快博通经术，成为诸弟子中的佼佼者，那些纨绔子弟不由对他渐渐地改变了看法，对范缜尊敬起来，还经常向他求教。门生有识，师之大幸，刘瓛对范缜更加爱护，亲自为他束发加冠，对他的文章赞赏不已，范缜的名气也就慢慢在地方上和学者中传开了。

随着学问的增长，范缜对当时当权者利用佛教散布“因果报应”“生死轮回”等宗教迷信观念越来越反感，对鬼神的存在愈来愈表示怀疑，在许多场合他公开宣称不信因果，说“天地鬼神！乃妄谈之幻，在欺民惑众”。此事传到当朝宰相、竟陵王萧子良的耳朵里，这位朝廷重臣好不恼怒，决意灭一灭这个毛头小子的威风。萧子良约请了多位高僧名人到他廷堂之上，摆开架势，要把范缜驳个哑口无言，让其知道天高地厚。范缜一到，肖子良先发制人，问他：“范老弟，听说你不信因果，请问人间到底有没有高贵贫贱之分？”范缜不慌不忙，指着庭院中的桃树说：“人生犹如这树上的花瓣，一阵风来，有的飘落到厅堂，有的落入阴沟，纯属偶然，有什么因果？”接着，在座的高僧名士一个个争先发难，问题也一个个劈头盖脸压过来，却都被范缜一一驳回。他舌战群奸，从容镇定，毫无惧色。那些名士高僧搜肠刮肚也没难倒范缜。

眼看败局已定，萧子良不肯罢休，他一使眼色，一个叫王琰的佛教徒跳了出来，恶毒地攻击道："范缜，你竟然不承认自己祖先的神灵还存在，这是不孝啊！"范缜知道对方妄图用罗织罪名的卑劣手法来加害自己，自己万万不能给对方留下把柄，就以其人之道还治其人之身，回敬说："王先生既然认为他祖先的神灵还在，却不自杀去侍奉祖宗，而还赖活在世上，这才是不孝啊！"听了范缜的反驳，吓得那个王琰瞠目结舌，心惊肉跳而出，再也不敢做声了。不大一会儿，这些人都灰溜溜地走了。

萧子良厅堂论战战败后并不甘心，又琢磨着怎么对付范缜。不久，他派自己的亲信王融去收买范缜，说只要范缜放弃无神论，像他这样多才的人还怕做不了中书郎那样的高官吗？然而范缜说，就是给我宰相、尚书的官我也不能放弃真理，何况小小的中书郎！

建武年间，范缜离开京城，到宜都去做太守。他见当地敬神敬鬼，迷信盛行，而百姓缺衣少食，却还要给寺庙捐钱捐物，烧香磕头，祈祷下世天神赐福，一个个苦不堪言却不觉悟。范缜心里非常同情难过，便亲自出面，多次向百姓宣讲无神之说，并下令拆除庙宇、遣散僧人，禁止香火；同时减轻民赋，发展农业，几年之间，便使那里发生了很大的变化。

公元507年，范缜被调回朝廷任中书郎。此时，皇帝大臣都不思政务，只求佛赐平安，朝政腐败深重。61岁的范缜，斗志弥坚，冒杀身之险，写下了他宣扬唯物主义的著名论文——《神灭论》，公开阐述自己的无神论观点，给神学及腐败的朝廷以一声痛击，奠定了他在我国哲学发展史上的崇高地位。他的唯物主义思想的光芒不可磨灭，其母抚养孤儿终成大器，也可以在地下安息了。

(1)"范缜在贫困之中求学之志不稍减，这说明青少年要立志成才，不经受点磨难和挫折是不行的"，你认为这种说法对吗？

(2)范缜在刘瓛那里求学时破衣草鞋，一心与人比学问，结果维护了个人尊严，这种做法值得当前出身寒家的学生效仿吗？

拙子发愤成名家

阅读提示

父母爱聪明儿，老师怕笨脑袋，一个“笨”字，令多少孩子抬不起头挺不起胸，丧失信心，放弃追求。什么是笨？一时书没念好分数不高就真是“木脑瓜”“大笨蛋”吗？就终身不能有所进取、有所成就吗？如果你真这样想、这样给自己定位就会真的笨起来。有个偏不信邪、不认笨的铁脑瓜，铁心去努力，结果百炼成钢，写出了聪明孩写不出的妙文，取得了乖巧儿达不到的成就。尔为无名辈，彼成文学家。

讲故事

西晋时，北方有个姓左的人家生了个孩子，家里人欢天喜地深为喜爱，可这孩子长大以后却令人十分失望。别的孩子眉清目秀，白皮嫩肉逗人疼，这孩子细眉细眼，黑不溜秋惹人嫌；别的孩子聪明伶俐，两三岁就牙牙学语，背诗诵文，爹妈喊得甜，而这孩子连话也说不成句，笨嘴拙舌的。祖母见了总是摇头：左家没作什么孽，怎么生下这个怪仔啊！

这孩子叫左思，幸运的是，“是猴是怪，各人生的各人爱”。左思的父母对儿子还是疼爱的。左父见他坐得住，就在家中教他习字。大人磨好墨，蹲在旁边，手把手地教，一遍又一遍。就这样一笔一画地描红，练习了一年多，把父亲累得腰酸背痛，左思却未有半点长进，写的字撇不像撇，捺不像捺。父母见他不是练书法的料子，知道左家出不了王羲之，叹了口气，悄悄收拾笔

▲左思发愤著《三都赋》

墨纸砚作罢。

过了不久，左父又买回一张琴，把书房布置成琴房，满怀希望地教他练起琴来，家里还制订了严格的家规。每日未及黎明，父子俩就从热被子里钻出来，抹一把脸揉揉眼睛就开始练。一个站在旁边指点，一个坐着以小手抚弹。时光如流水，冬去春来，一晃又一年，效果如何呢？左父又陷入了深深的失望中：古人那些高雅美好的曲调被弹得支离破碎，挂一漏十，弹出的琴声有时像锯木，有时像杀鸡，别提多难听了。左父又叹了一口气，默默地收拾了琴具，打发儿子出外玩耍，自己搬了把椅子对着窗外春意正浓的草木发呆。

字没练成功，琴也弹不了，这以后左思的日子就不那么好过了。他在外边走，总感到背后有人指指点点，窃窃私语。和伙伴们玩耍，大家经常欺负他，甚至有人公开嘲笑辱骂他："大笨猪""木脑壳""饭袋子"，什么难听的话都有。左思常常气得泪流满面，跑回家向父母诉说，父母心情也不好，有时还免不了拿他出气。左思就在这样的羞辱中一天天长大。

左思是个倔强的孩子。大约十一二岁时，他开始独自思考一些问题。他想，自己天分不如人，被人家侮辱嘲笑，能这样过一辈子吗？那太难受了，得想个办法，一定要争口气，学点本领，才能在人前抬起头来。他跑到父亲跟前哭着吵着要读书。左父倒想得开，学总比不学强吧，就鼓励他说：木锯绳断，水滴石穿，无非是吃点苦，猴子都能学会击鼓，何况人呢？成不了大气候，学点本事总是可以的吧？左思也暗中下定决心：发愤攻书，学点知识，为自己争口气。

从此，左家的书房的香火又起来了，每天父母不知儿子几时起的床，只是五更天从梦中醒来听见那边厢房传来阵阵轻轻的诵读声："坎坎伐檀兮，置之河之干兮。河水清且涟漪……"一遍两遍，十遍百遍。真是"精诚所至，金石为开"，几年寒窗，没有白费气力，左思渐渐开窍了，古人的文章也能一篇篇背得一溜水，父母甚感惊奇，真是摇篮中看不倒汉子，这伢儿出息起来了。

此时，左思却开始思考深一层的问题：经、史、子、集浩如烟海，自己天分不足只能专攻一项，才可能有所突破，有所成就。选攻什么呢？他比较偏爱文学类书籍，便决定去攻文学。于是，他整天捧着《诗经》《左传》《离骚》《史记》等。还是那个笨鸟先飞的办法，一首诗别人看一遍背得下，他做不到就反复背 5 遍 6 遍，最后还是啃下来了。他还有个特别之处，那就是对每个字词都不放过。因此左思既知其大意，又精其微义，学问做得特别扎实。

由于左思术有专攻又异常勤奋，学到的知识愈来愈丰富，邻居熟人由开始的怀疑继而惊讶再而变得佩服尊重他了。甚至有些家长对自己的“聪明儿子”说：“看人家左思多博学，你这小子怎么办？”这些话传到左父的耳中，老人家心里好不高兴，真是三十年河东三十年河西，当初的“拙子”如今反而成了榜样，事情完全颠倒过来了。这全是孩子的决心和毅力改变的，儿子付出了多少苦功和汗水啊！

在这一片赞扬声中，左思显得很冷静，更加成熟的他开始思索和规划着人生的第三步：从读到写，书都是人写的，自己岂能只读书不写书？人家能我为何不能？此生一定要写出鸿篇来，让文存竹简，名著史册！

左思是个一心人，怎么想就怎么去努力。他先分析揣摩别人的文章，从立意、章法、体裁、辞藻等各方面取人之所长，偶有所得，必笔录之。这样，左思对《左传》《战国策》《史记》《离骚》等这些名著写人记事抒意，各自的特点已烂熟于心，积累了一大摞材料。开始动笔时，他不求一挥而就，仍是先前的“笨办法”……慢慢磨，多下点功夫，不鸣则已，一鸣惊人。最后用了10年功夫，写出了气魄宏大、辞藻绮丽的巨篇——《三都赋》。文章一成，友人争相传抄，路边时闻朗诵，很快风靡天下。他在文学史上的地位就这样奠定下来，左思的壮志已酬了。

当年的“笨孩子”给我们留下精神财富，而那些“聪明儿”却悄悄而生，悄悄而逝，没有留下什么，实在发人深省。

动脑筋

(1) 左思的成长经历说明，不太聪明的孩子只要有志气和决心，选准方向，找好突破口，坚持不懈去努力，就能学有所成。而俗话说：“聪明反被聪明误”，你能举举这方面的例子吗？

(2)一个人是否受人尊重，主要取决于他自己。但取决于他的什么呢？是财产、地位，还是别的什么东西？请你详细说明一下。

著作等身三十立

阅读提示

帝王的儿子却不娇气，穿新衣旧衣无所谓，吃没有鱼肉的饭菜，菜中发现苍蝇也不骂仆人。何以如此？因为他有志气。志气在哪里？在求知识、做学问、著文章。正因他“从不浪费时间”，所以能在30岁时写下书文82卷，只可惜受冤死得早了些。

讲故事

公元510年春的一天，在南齐都城襄阳的寿安殿内，文武百官穿戴齐整端立两旁，居中面南的皇位上坐着儒雅博识的梁武帝。殿外边的杨柳泛出绿芽，嫩黄的小荷尖从玉池水面探出，洋溢着一片春意。今天，梁武帝要亲自考察儿子的学业，听萧统讲解《孝经》，臣僚们也兴味盎然。前来一睹风采，想看个究竟。

上午九时许，只听到太傅一声“宣太子上殿”，就见一个9岁的小儿郎，头戴纯丝青伦发束，身穿蓝绮紧腰长袍，两眼亮晶晶，脚步轻盈盈，不慌不忙走上殿来。满朝文武望着那少有风度的稚气禁不住心中暗暗喝彩：好个举止不凡的小王子！

萧统在一张3尺高的红漆木案前站定，伸出两指翻开《孝经》竹帛捆扎，一目十行地溜了一眼开篇，就侃侃地讲了起来。大臣们睁大眼睛静静地听，有的人不住地点头，都感到他讲得条理分明，引而有据、论则服人，简直难以相信出自9岁童稚之口，啧啧称奇。梁武帝也抑制不住兴奋，不停地用右手轻轻地捻捋胡须，满脸笑意。

萧统小小年纪为何如此博学呢，原来与家庭教育有关。

萧统，字德施，小字维摩，公元501年9月生于襄阳，是梁武帝的长子。在中国古代帝王中，像梁武帝那样有学问的人是不多见的。史书称他精通玄儒，能事毕究，并有多种大部头著述。萧统生在这个帝王之家，又是长子，本应饱享荣华富贵，无忧无虑，吃喝玩乐。可父王却偏要他饱读诗书，并且订立了严厉的家规。所幸由于父辈熏陶，小维摩自幼也喜爱诗文，3岁启蒙后，每日以识字诵诗为乐事，父亲的皇室书库有读不尽的藏书。至5岁时，他已经念完五经，讲起话来已经引经用典，儒风可掬了。

殿前讲经之后，萧统即便广受赞许，但并未忘乎所以，而是更加刻苦专心地读书做学问。他心中的偶像是孔子、庄子、司马迁、陶渊明那样的大学者、大诗人。萧统见贤思齐，立志要做文学大家。九层之台，起于垒土。他从不浪费时间，认为与其饱食终日，宁可游思于文林。因而随着年龄增长，他的文采章法进步很快。梁武帝是个对诗文标准要求很高的人，可对儿子的文章也不由不赞赏。每当游宴盛会，他必要萧统即兴作赋。这样，萧统的文思经常开掘和发挥，更加敏捷、成熟。他常做难度很大的用剧韵和连用数十韵的成文。一般人根本不是他的对手。

萧统身为王储，衣食却十分简朴。当时的社会上层极为腐败，朝歌夕舞，纸醉金迷。他却一反常态，独爱自然美景。一次，他与几个好友在御花园池中泛舟作赋，有个叫侯轨的人一边称赞此处景色优美，一边出主意说：要是再有个歌女设乐就更好了。萧统不做声，随后背诵了左思的《招隐二首》中的两句答他："非必丝与竹，山水有清音。"他对下人也很和善。有一天吃饭，菜肴不洁净，吃着吃着他发现里边有一只苍蝇。萧统没有声张，只悄悄用筷子把苍蝇拨到盘子外边，然后接着吃。可以想见，如果他一发脾气，那仆人还能有命吗？

萧统温文尔雅。许多文人慕名而来，他把许多慕名而来的人招到门下，供以衣食，一起探讨经典，研读古今。他个人藏书非常丰富，达三万册之多，也供大家阅读。他住的东宫像是一座文学研究院，大家在这儿吟诗作赋，学术氛围自由活泼浓厚。

可惜在公元531年，有一个叫鲍邈之的宦官诬告太子萧统密谋造反，父亲梁武帝以为儿子想要夺皇位就对他起了戒心。萧统有口难辩，郁闷成疾，终于亡命中年，死时刚刚30岁。

萧统生命虽短，可成就不凡，写下《文集》二十卷，《正序》十二卷，五言诗《英华集》二十卷，《文选》三十卷，共八十二卷，可谓著作等身。而他最大的成就是主编了《昭明文选》。这是我国现存最早的一部完整不损的文章总集，对后世文学产生了巨大而深远的影响，是少年时的志气。30年的生命奠定了他在中国文学史上的不朽地位。

(1)学生王甲对王乙说："萧统30岁就死了，他可能是背呀写呀那一些文章累死的，倒不如不搞文章舒舒服服活到八九十岁。"学生王甲的观点对吗？

(2)王乙说："如果在生命短而有作为与生命长而无价值中选择，我宁可短暂而有意义，也不愿做行尸走肉。"请你将学生王乙的这段话同上述学生王甲的那段话进行比较，谈谈他们的话各自表达了一种什么样的人生观？你自己赞成哪一种人生观？

贞观之治颂英皇

阅读提示

三更灯火五更鸡，正是男儿发奋时。“杀”声惊醒邻里梦，飞箭穿门好武功，一代明君，起步于幼年，起步于黎明。少时学超人，壮时行必高。果真如此么？综观其劝父起兵、灭隋建唐、弑兄戮弟，逼父让位，统一天下而谱出贞观之治的太平盛世。一生功过任历史评说。

讲故事

隋朝后期，在陕北太原城内一家官宅内，每日一早飞出阵阵喊杀声，吵醒了周围好些慵懒之徒的清晨好梦。有人打着呵欠从窗口伸头一瞧：唉，又是李氏三兄弟在练什么武功。

那官宅主人姓李名渊，是当朝天子隋文帝的姨甥，在此做太原留守。大约由于行伍出身的缘故吧，他对三个儿子要求甚是严格，五更唤起，或熟读兵书，或演练武艺。老二李世民生于公元599年，最得李渊喜爱，长到十四五岁，已是人高马大，仪表堂堂，又极能吃苦耐劳，练得一身好本事。他的绝活是飞箭穿门板：50步外竖一块木板，只见李世民拿起一张大弓，搭上箭，大吼一声，那支箭流星般地飞过去，稳稳地穿透木板上的靶心，看的人无不喝彩。到16岁时，李世民已与父亲李渊一起冲锋杀敌。在残酷而激烈的战场上，他既勇猛又冷静，常有奇谋高招，攻敌不备，克敌制胜，一身英气，表现出非凡的统兵作战的军事才干，很得将士们的折服和爱戴。早有人预言，朝廷大将军非李世民莫属。李世民虽绝技在身，却志存高远，不像一般纨绔子弟那样有三拳两脚就处处想露一手。他仰慕的是孙膑、李广这些名将，期望像他们那样驰骋沙场，决战千里，为国杀敌，建立卓著功勋，留下一世英名。因此，李世民小小年纪处事已很周到深沉。连李渊也不由暗暗惊讶：这小子将来可不简单。但他绝没想到李世民能做皇帝，更没想到是从他手上夺过去的。

由于大兴土木，差役繁重，又刑罚残酷，动辄砍手剁脚，民生怨恨，乱兵四起，八方纷扰，隋炀帝皇位岌岌可危。李世民判断隋朝灭亡不远，便劝父亲李渊也起兵反隋。公元617年，李渊拉起六七万人马，任命李世民为右领军大都督，统帅右三军，直杀向长安。时逢阴雨，天寒地湿，军粮将尽，李渊欲打退堂鼓。李世民坚决反对，他说：要干大事业，岂能一遇难就缩头？待雨季刚过，李世民就向隋兵发动猛攻。他一马当先，冲向敌阵，在他的鼓舞下众将士人人争先，个个向前，隋军大将宋老生被李世民一枪刺死。隋军群龙无首，军心大乱，不战而败。李世民领兵渡过黄河，杀进长安，占领了京都，隋炀帝在江都被部将杀死，隋朝正式灭亡。李渊就在长安喜滋滋地做了皇帝，建立起唐王朝。

当时，全国纷乱的局面尚未清除，新建的唐王朝随时有巢覆卵裂之危险。李渊寝食不安，就任命李世民为元帅，出兵剿灭。李世民运筹帷幄，首先进军兰州、天水，消灭了薛举、薛仁杲的割据势力，回军时顺手一枪，又打败了山西北部的刘周武集团，然后东征洛阳，横扫王世充的残军，在河北，又击溃了窦建德的农民起义军。几年之间，李世民在中华大地上左冲右突，驰骋八方，所攻者破，所向披靡。经过6年血战，终于在公元624年，实现了中国的统一，为唐王朝的兴起和巩固立下了汗马功劳。这年他才24岁。

外敌刚平，内讧即起。在长期的征战中，李世民手下聚集了一批良才猛将，形成了以他为中心的势力集团。朝中诸多大臣，也一致对他寄予厚望。然而，按王室旧规，继承皇位的应该是长子李建成。此时，哥哥、弟弟害怕李世民功大抢权，企图加害于他。李世民便先下手为强，在长安玄武门外设下埋伏，杀了李建成、李元吉，又逼父亲李渊退位做太上皇，李世民自己即位当了皇帝，皇号唐太宗。

皇帝的位置的确不是好坐的。皇帝的宝座才坐了没多久，北方突厥汗国乘他立足未稳大举进攻，于是李世民亲自出马率兵迎敌，敌人不战而退。3年后，李世民发兵10万分四路进攻，打得东突厥全军溃退，连可汗也做了俘虏。

东突厥的威胁解除后，李世民经过深思，认为连年征战，兵丁伤亡，军粮税赋，沉重如枷，民不堪忍受，现在该休养生息，造福万民了。于是他把主要精力转到了内部治理和发展生产上，这是一个有远见、有意义的重大转变。李世民调整了中央机构，大力选拔人才，提倡宫室简朴，推行均田制，实行府兵制度。他还广开言路，倾听谏言。大臣魏征向他进谏二百多次，有时说得李世民面红耳赤，十分难受，但他仍能听下去。他认为：皇帝是船，百姓是水，水能载舟，水也能覆舟。这些进步的认识和措施减轻了农民的负担，促进了生产的发展，推动了社会的进步。那时人民安居乐业，八方升平，道不拾遗，夜不闭户，是我国历史上治理得最好的一段时期，这就是有名的“贞观之治”。

公元649年，李世民因病逝世。消息传来，万民悲哀，举国啼泣。历史忘不了唐太宗，人民忘不了“贞观之治”。

（1）有人说：“似乎有作为的人都不太睡懒觉，睡眠不足，影响健康，所以李世民只活了52岁。他不该如此，若注意休息活得更久，贡献岂不更大？”这种说法是否有一定道理？你能否谈谈你的看法？

（2）李世民能做到耐心地听取臣下的批评建议，哪怕忠言逆耳、十分难受也不在乎，这一点值得我们学习。我们也应不怕批评，有则改之，无则加勉。请你回忆一下，当你受到老师或家长的批评时，心里是怎么想的，行动上是怎样做的？

小逃学成了大诗人

阅读提示

十年寒窗，确实难熬，小孩逃学，当不鲜见。可这一小儿逃学之后来了个幡然悔悟，却属不多。古今名人好奇山，孔子登泰山，陶潜上庐山，李白上了更多的山，山水与文学大约是一对孪生兄弟。而李白终成诗仙是得益于名山还是得悟于逃学，诸君自省罢。

讲故事

阳春三月，草长莺飞，四川眉州象耳山的一条山沟里，流水潺潺，和风拂煦，好不迷人。只见一个10岁小男童，沿溪而下，跳跳蹦蹦，一会摘花寻蝶，一会追鱼捕虾，目不暇接，好不快活。他就是当地李姓大客商的儿子李白。

小李白怎么上这儿来了？原来身为富商的李父对李白十分严格，几岁要他发蒙读书不说，而今又送他到这象耳山求学。当然这老先生不谙童心，每日里只知要孩子们读背诗文。李白虽聪明，可整天背来背去确也烦躁无味。今天，老师又着令他诵读空空长长的《子虚赋》，他又不作讲解，只教句读，孩子们只能鹦鹉学舌地死读，全然不通其意，如何忍受得了？机灵的李白趁先生转身之际悄悄溜出大门，偷偷逃下山来玩耍，真好似小马挣脱了缰绳，自由自在无比快乐。他一双小赤脚吧嗒吧嗒地在溪水中行走着，身上沾满花瓣和露珠，口中飞出胡编的歌儿，玩得十分起劲。忽然，他瞧见前面溪水边蹲着一位老奶奶正在干什么。李白是好奇的孩子，连忙跑过去看个究

▲只要功夫深　铁杵磨成针

竟。只见那老奶奶大约有六七十岁，爬满皱纹的脸像一个核桃，麻布衣破袖筒里伸出两只干瘦的手，手上拿着一根尺把长的小铁棒，正全神贯注地在硬石上磨，锈水铁屑点点流下。李白走到那老人身边她还未知觉。李白就亮起喉咙问："老奶奶，您这是在干什么？"老太婆头也不抬地回答说："磨针！"

"什么？磨针？"李白更不解了，连珠炮似的问道："铁棒怎么能磨成针？"

"只要功夫深，铁杵磨成针。"老奶奶非常自信地说，仍一上一下不停顿地磨她的"针"。

李白悄悄离开了，默默地往回走。老奶奶的形象在他头脑里生了根。"只要功夫深，铁杵磨成针"，老奶奶的话也长久地在他耳边回荡。渐渐地他惭愧起来：老奶奶的年纪那么大了，却有决心把铁杵磨成针，我李白小小年纪就逃学贪玩，我算什么人？我为何不能像老奶奶那样下一番功夫，做一番事业呢？

从此，小李白变了。

老师奇怪他变了，父母纳闷他变了，同学惊异他变了，他开始用功发奋了。

李白读书的兴趣很广，10岁前观百家，15岁观奇书，并能做到文武并重，读书之外勤练剑术。交游很多而又有选择，为了做个有作为、能做大事的人，他摒弃小人之类，不与之交，而多跟名士鸿儒来往，以振奋自己向上的心志和拓展宽广的胸怀气度。当时的大儒赵蕤对他影响很大。随着知识的增长和友人的激励，李白建功立业的信心越来越足，愿望也愈迫切。他常将自己比之于历史上著名的政治家管仲、乐毅、张良、诸葛亮等。他的抱负是"申管婴之谈，谋帝王之术，奋起智能，愿为辅弼，使寰区大定，海县清一"。就是说，要仿效管仲、晏婴那样有政治功绩的人，辅佐帝王，强国安内，成为显赫有为的政治家。

李白渴望天降大任，却又蔑视科举仕途，不愿像别人那样中什么举，他一生竟从来没有去应试过。他想凭自己的才华直接受到朝廷赏识走上仕途。他对自己的前途充满信心，认为一只大鹏总会有展翅的天空，老待在家乡是不行的。25岁那年（公元725年），他开始仗剑出游，去寻找实现抱负的机会。这次漫游历经16年，西起江陵，东抵齐鲁，南至吴越，北达太原，足迹遍及10个省市。在湖北安陆时，曾任唐高宗宰相的许圉师先生十分赏识他，促成他与自己孙女喜结同心。婚后，李白继续游历。登名山跨大川，览奇峰观异水，开阔了他的胸襟，激励了他的壮志，也升华了他的诗才。他写出了许多惊世诗作，诗名日盛，使得唐玄宗于公元742年三下诏书召李白入长安。李白兴奋异常:实现抱负的时机来了。

唐玄宗十分器重李白，封他为供奉翰林。李白天天盼着玄宗问他富国强邦之策,可此时的玄宗整天沉溺于酒色,朝务由奸相李林甫把持。李白逐渐失望,明白皇帝老儿召他并非想要振兴朝纲,不过是要他写些“云想衣裳花想容”一类行乐之辞罢了。“安能摧眉折腰事权贵,使我不得开心颜?”李白不愿趋炎附势,常在长安城中饮酒消愁。有时皇帝召见他,他也不当回事,更不把那些权贵放在眼中,自然招来不少诽谤。于是他上疏玄宗,愤然辞官离开长安，再次寄情山水，开始第二次漫游。这一游又是12年。他遍游了晋、燕、齐、鲁、吴、越的广大地区,在孤寂中结识了比他小11岁的诗人杜甫和高适,三人皆怀才不遇,积愤满腔。于是他们一起登高怀古,吟山咏水,给后人留下了许多脍炙人口的佳作。

公元755年,“安史之乱”爆发,李白想为平乱复国出力而参加了永王李璘幕府,不料卷入朝廷内争,李璘为肃宗所杀,李白也因此获罪,被流放到夜郎(今贵州桐梓县)。幸好途中遇大赦而回浔阳。于是,他又开始了漫游,这是他一生中的第三次漫游。当游至当涂时，听说太尉李光弼率兵讨安史逆贼,又激起他爱国热情和从政的雄心,欲北上从军,然而61岁的诗人已华年不再,中途得病返回当涂而逝,时年62岁。

李白青年时代抱着“以当世之务自负”,普救苍生建功立业的宏愿,到头来却因权贵昏庸未曾实现,但他却在诗歌上建树超人,把唐代诗歌推向一个前所未有的高度,给世界和人类留下了珍贵的文学遗产。他的诗想象丰富,构思奇特,感情奔放。杜甫称赞他:“笔落惊风雨,诗成泣鬼神”;韩愈评价说:“李杜文章在,光芒万丈长”;后世更推崇他为“诗仙”。千百年来,人们对他景仰不已,他的骨气与他的诗作永在人间。

动脑筋

(1)李白逃学遇到磨铁杵的老奶奶,受到教育,从此奋发而成为大诗人这是不是说李白成为诗人完全是偶然的?这个故事说明了一个什么道理?

(2)李白游历名山大川,是不是在游山玩水?如果你有机会在寒暑假时外出旅游,怎样才能使它变得有意义呢?

志比天高　功悬千午

阅读提示

和尚的本事是捻珠念佛，闭目坐禅，他们的知识也大多限于佛经之内。若有识天文地理者，当令人称奇。若有能创出个“世界第一”的，则应予千古流芳之誉。而这里的一位和尚竟接连创出多项世界之最，确属一位超凡的僧人，值得大书特写了。

讲故事

公元683年，在魏州昌乐的一个缙绅之家诞生了一名婴儿。这个婴儿后来非常了不起，成为我国著名的天文学家。他就是唐代的僧一行。

一行本姓张名遂，是唐初襄州都督郯国公张公谨的孙子。张家是世代为官的人家，书香气极浓。而且，他祖父、父辈一个个白发青丝，仍好学不倦，老少诵读诗书之声四季不绝于耳。且张家祖训，对子女不娇不惯，家教甚严。张遂还不到两岁，即每日有一时刻握笔涂鸦习字。稍长，父亲又为他聘严师蒙学，使他早晚跟那老先生诵读对课，与诗书为伴。这样的训导日积月累，张遂被引入了求学之门，自幼甚能自律，十多岁的年纪就已博览群书，精通历象、阴阳五行等学问。后来他将自家藏书读了个遍，就向左邻右舍借读。有一次借到大学问家尹崇那儿去了。尹崇听说他对历象有兴趣，就把扬雄所著的一本极难读的《太玄经》给他读。几天后张遂就前来还书，尹崇有些不悦，批评张遂钻研学问浮浮躁躁。他说道：“这本书旨意深奥得很，我钻读多年尚未通晓，你为什么不下功夫多读几遍呢？”哪知张遂坦然地回答：“我已经完全读懂了。”说罢，拿出自己写的《大衍玄图》和《义诀》两稿给他看。尹崇仔细读过，不禁拍案叫好，这才相信他所言是实，以后逢人便称赞，说他是“当今颜子”。这样，张遂的名声也就传播开了。

张遂读的书越多，头脑中的知识越多，可心中要解开的疑难反而更多，而周围比他高明、可以请教的人更少了。一段苦闷的经历，激起了他的志向：就天下之师，成旷世之才。他把视野从魏州、襄州扩展到洛阳长安以至全唐，决心凭一双脚板远寻求师。为了弄懂一个问题，他往往不惜跋山涉水，亲叩师门。有一次，他在计算一道题时，怎么也解不开，就告别家人，不远千里，步行到东南方的天台山国清寺拜师。正是这种决心和志向，像灯塔一样，指引他不畏艰险以苦为乐，在科学的高峰上孤身奋进登攀。

先哲有言：“祸兮福所倚，福兮祸所伏”。张遂年纪轻轻成了有名的学者，为他赢得了声誉和朋友，同时也险些招来一场灾难，最后改姓埋名出家为僧才保全了性命。

原来，当时女皇武则天坐上了皇帝宝座，她的侄儿武三思也入朝为官。他恃权杖势、显赫一时，人人畏他三分。武三思何许人也？他原在乡里是个挑衅生事、强勒硬要、声色犬马、劣迹昭著的小无赖。进京后摇身一变，披上了官服，又想附庸风雅，装点门面，扩展自己的势力，竟然点名要张遂与他交朋友。张遂岂肯同这种人为伍？武三思听说张遂不识相，传下话说要刀刃相见。他这种流氓是说得出来做得出来的，张遂无奈只好乘月黑风高之夜逃出京城奔走他乡，出家当了和尚，取名一行，拜在嵩山沙门普寂名下，后来又步行到荆州当阳山，潜心钻研学问，不与武三思之流同流合污。

一行隐姓埋名深居寺院多年，直到唐玄宗即位后才敢与人有所交往。玄宗励精图治，八方网罗人才，得知一行下落后，派一行的族叔前往荆州请一行出山。一行也有志为国效劳。出山后，玄宗委任他修订历法。从此，一行满腔热血注入历法中了。

然而，修订历法谈何容易。既要熟悉前人的经验长处，又得精通天文算学知识，还要借助一大批复杂的天文仪器，而当时这些条件都不具备。一行并未畏难，他带着一帮人住在京郊，日夜钻研苦干，首先造出了几种必需的天文仪器，如黄道铜仪和水运浑天铜仪。黄道是太阳运行的轨道，有了黄道仪就可以测出日月星辰在轨道上座标位置。浑天仪则是一种结构复杂的天文仪器，由汉代张衡首创，此次一行多加改进。浑天仪上以周天为像，布列星宿，装有齿轮，注水激轮，昼夜自转，又设有两自动木人，一个每刻击鼓，一个每时敲钟，机巧无双。这是一行所创世界上最早的自鸣钟。

有了这些仪器，一行就重新着手测定宇宙中一百五十多颗恒星的位置，发现与古书记载不全相符，推知恒星并非永不运动，揭示出恒星亦运转的秘密。在欧洲，直到1718年英国天文学家哈雷才有了这一发现，这比一行的发现晚一千多年。一行还在世界上第一次测量了地球子午线的长度，也比西方早了近百年。而一行最大的成就要数革新历书，编制了《大衍历》，用时间间距不等的方法提出了比较接近天文实际的24节气时间。在复杂的计算过程中，他运用了不定方程式的高等算学，这在一千三百多年以前是一件多么了不起的成就，又是一项世界之最！

此外，一行还补续了《后魏书·天文志》，著《大衍论》3卷，《摄调伏藏》10卷，《天一太一经》及《太一局遁甲经》《释氏系录》各一卷。可惜公元727年《大衍历》刚修订完成他就疲惫而逝了，年仅45岁。一行生命短促，成就却如此巨大，确是少见。

一行死后，玄宗赐“大慧禅师”谥号，亲书碑文，并拨50万库钱为他在洛阳造塔，以纪念这位有志气有成就的僧人。

(1)一行想成为旷世之才，不惜千里向人求教。有人认为此举不妥。一个问题跑一千里，若有十个问题怎么办？你同意这种说法吗？

(2)武三思是女皇武则天的侄儿，别人想高攀都攀不上，一行却视如敝屣。请你说说这是为什么。

醉酒挥毫起狂飚

阅读提示

古今和尚千千万，历代成才有几人？这位小和尚在寺院中寂寞出“怪举”来：栽芭蕉，做木板，建笔“坟”。其实怪出有因，皆为奋斗成才之举，其书法成就受到人们高度评价，大诗人李白还为他写过一首赞美诗哩！

讲故事

汉字书法，是举世公认的艺术一绝，引得历代多少文人雅士癫狂，醉心于斯。白纸面目，墨斑盈袖，他们度过了一个又一个春秋，在灿烂的书法世界留下了不朽的墨迹。唐代和尚怀素就是这样的痴人之一。

怀素，字藏其，公元725年生于长沙一个钱姓人家。这户人家的财富与其姓氏实在不符，竟连孩子也无法养活。就在怀素很小时，家人送他进寺院做了和尚。寺中长老给他取法号叫怀素。

怀素所在的寺院中，除青松翠竹外，还有一点文化氛围，那就是墙上挂着的几幅字画，有张旭草书的“四大皆空”，颜真卿楷书的“宁静致远”。这些字一笔一画透出书法艺术独有的韵味。在怀素眼中，实在是比窗外的梨花、山上的野百合更妖艳迷人。每日黎明他得早起将寺院内外打扫一遍。每当扫至庭堂，在寂寞的晨光中，他总要一个人站在那两幅字画前痴痴地看得发呆。有时不由举起竹扫帚在空中挥舞，摹写画上的一撇一捺。即使白天做其他的事，那些字也总跟随着他在眼前跳跃。和尚生活是清苦单调的，不少师兄耐不住寂寞，时时偷偷下山“潇洒走一回”，或以打瞌睡打发时光。怀素感到每一分钟都宝贵，在按寺规诵经坐禅之余，迅即退回房中，饱蘸笔墨，进入书法世界。他对张旭特别钦慕，暗中立下一个心志：一定要成为张旭那样的草书名家。练字要有纸笔，他一个小穷和尚，寺里只管斋饭哪来钱去买？怀素开始为别人做事换点纸笔，但仍远不够用。有一天他在院外清扫，见芭蕉叶又宽又长，心中暗喜：这岂不是练书法的天然好纸吗？于是，就摘下来当纸练，一张芭蕉叶要练多遍，写完后洗干净又可以写。不久，寺后屋檐下芭蕉叶堆得比他还高。怀素一练起字来就忘了吃饭，忘了周围的世界，免不了要受师兄长老的训斥，可那一点点烦恼被书法的无穷乐趣冲刷得无踪无影。因为真正美的东西既跟自然一致，又跟理想一致。书法，将艺术、理想和怀素的生命拴在一起了。

夏练三伏，冬练三九，滴水成冰，汗流浃背，怀素都不觉苦。然而材料不足，芭蕉树已成为光秃秃的了，这使怀素犯了难。怎么办？怀素又灵机一动，找来一块木板，刨得平平的，上边刷上白漆，成了一块木纸，天天在上边练字，写了擦，擦了写。不久，好好一块木板竟被他写穿了。怀素心一横，决意想办法把材料办得足足的。一连几个晚上打过三更都未入眠，总算想出了个主意。冬去春来，小怀素爬上附近的山坡，利用一切空闲时间挖土坑，有时中午饭也不回院中吃。月明星灿之夜，他甚至通宵达旦地在山上挖。几个月下来，周围几里的山上被他挖得坑坑洼洼，大约有一万多个坑。别人不知他挖山何干，反正这小和尚怪事多也懒得去管。后来他又到处找芭蕉根，远远近近，方圆几十里的芭根都被他移栽做种了，共栽了一万多棵。人们这才恍然大悟：“小疯子”是在为自己建“造纸厂”啊！这时怀素人瘦了一大圈，两只黑眼珠却泛出光彩。见满山遍野的芭蕉喜发新芽，他想象着巨大的芭蕉叶在山风中舞动，那是他取不尽写不完的纸张吗！他心中快活极了，就把自己住的被芭蕉掩映的庵堂取名为“绿天庵”。每日置身其中，其乐无穷！

没有老师传授难以长进是一个浅显的道理。怀素就到长沙一带遍访名师，虚心求教。那些人见这小和尚如此虔诚，都愿悉心指教。怀素又搜罗名家字帖，闲来一个人比比画画，细心钻研揣摩，如痴如醉。

夏天，芭蕉叶绿满山川，怀素就一张一片摘来练习，写秃了一支笔换一支，再写秃了再换。几年下来，字长进了，秃笔也有一大筐，怀素不忍心丢弃，便深情地挖了一个坑埋下并竖了一块墓碑：“退笔冢”。由于如此勤奋，到十七八岁时，他的书法已很有特色，特别是草书开始饮誉长沙。但怀素仍觉得自己功底不足，他盼望能进长安城开阔眼界，当面向大师张旭、颜真卿请教。

大约20岁的时候，怀素怀揣钵盂踏上了去长安之路，风餐露宿，终于到达京师。他拜名师，拓碑刻，临摹遗编绝简，闯入了新的艺术世界。大书法家邬彤指教他“欲学草书，须精楷书”，名师的一句点拨，真比自己苦心摸索几年的收获还大。于是，怀素以楷书大师颜真卿为师，从他那儿接受了正规的训练，不再是盲目下苦功了。结果，在笔法的控制，笔锋的运转，笔形的表现，间架的安排几方面都有了显著提高。长安之行，小和尚收获匪浅，名噪京城。这时，他还形成了一个独特的写字程序：先备好笔墨纸砚，再坐下饮酒，一杯接一杯，一壶又一壶，直至酩酊大醉，方放下杯盏，提起笔来，运足气力，大叫一声，乘着酒兴狂笔任舞。转瞬之间，满纸龙奔蛇走，撇捺奔涌摇曳。有时，兴之所至，墙上、桌上、衣上他也信笔糊涂，所书皆绝。时人称作“醉仙书”。

由于不断探索，怀素草书越来越成熟，多有突破，人称他的草书“傲岸奇伟，雄睨一切，气势险劲，奔放流畅，美不胜收”。其代表作《自叙帖》开创了书法艺术的新境界，大诗人李白在看过怀素即兴表演后写了一首《草书题行》的诗稿赞他：“少年上人号怀素，草书天下称独步”。怀素终于用汗水取得了他在书法史上的大家地位。

(1)怀素开山辟岭栽万棵芭蕉树用其叶作写字纸，又把木板写穿。今天这种方法显然已经过时了，那我们还应向怀素学什么呢？

(2)怀素立志成才的关键有两点：一是勤奋，那么第二点呢？请你说说看。

(3)怀素酒后把草书写出了风格，我们今天也需要这样吗？假如不需要，你能否从中找出一些合理的东西？

不辱司马耀《通鉴》

阅读提示

有人嫌中国历史人物年代太多难记，可有谁知古代史难写？司马迁穷笔多年才理清上古脉络，使中华走出历史混沌。此后，史学不盛，幸宋时有一青年脱颖而出，立志撰写《史记》第二，小屋低垂，汗水沾襟，人形枯槁，终使史学再起丰碑。

讲故事

公元1019年的某一天，陕西夏县谏水乡司马家族又添新丁，取名光，字君实，他就是我国古代著名的史学家司马光。

司马光之父司马池曾为宋朝掌管图书，编修国史，对历史十分熟悉，古代人事，常出口头。司马光受其影响，从小迷上历史，幼时爱听《左氏春秋》中的故事；识字以后，手不释卷，看史书到了废寝忘食的程度。他家旁边有座风景优美的花园，他竟3年没去玩过一次。有人开玩笑说："小司马，你这么爱读史，是不是想做个司马迁第二呀？"说者无心，听者有意，司马光心头一震："先辈司马迁历时18载，凝成《史记》，从传说中的黄帝一直写到汉武帝，凡三千年，把古代的一本糊涂账理得清晰可辨，前无古人，功耀日月。可自那以后史学上少有那样的宏章巨著，我辈后人，如何不再？"从此，一个宏大志向的种子在他心中萌发：写一部新史记，以不辱司马姓氏。

司马光目标在胸，及时起步。以前他看史书，只凭个人兴趣爱好，现在

则是为写史作准备，见到资料，就随手摘录下来。为了抓紧青春时光多读些书，他更加勤奋了，常怨自己睡过了头。为不让自己太舒适，他改睡木板床，盖粗布被。他还动脑制作了一件巧物——一块圆木做的枕头，硬邦邦的，只要一翻身，头就会从圆枕上滑下，再不至于贪睡。他给这枕头取了个名字：“警枕”。

司马光小时有些聪明，他砸缸救小孩的故事流传很广，可在读书上的天赋却并不怎么样，记忆力也不如别的小孩好。书塾先生每次上新课，别的孩子两遍三遍就能背下来，老师就放他们到外边捕蝉捉虫游戏，而司马光却背不下来。司马光并不灰心，常常一个人拿上书找个僻静角落，静心诵读，一遍记不住，再来二三遍，功夫不负有心人，最后，他也能很流畅地背下来了。而且经过这样地训练以后，背诵能力越来越强，逐渐赶上和超过别的学童了。他体会到，背诵是提高记忆力的有效方法，以至青年壮年乃至他做官以后，仍不改旧习，常背诗文，有时外出公务，骑在马上也情不自禁地默诵起来。几十年中他头脑里储存了大量的年代、人物、事件等史料，为日后写《资治通鉴》打下了坚实的基础。

由于勤学苦读，司马光20岁时就博古通今，学识渊博，所幸又科场得胜，一举考中进士，此后他做了官，迁来迁去，但头脑中从没忘记写史的念头。宋神宗时，他因反对王安石变法，被调到洛阳做御史台。正是天凑其缘，他在这里正式开始从事史书的撰写工作了。他几乎每天都是夜以继日地工作，常常在书局里忘了回家吃饭，回家后又在烛灯下工作到深夜。他住的房子又矮小又破旧，夏天像个蒸笼，热得人汗流浃背，有时汗珠滴落在书稿上污损一片，只得重抄，费事伤神。司马光就叫人在屋中地上挖了一个坑，用石头砌成一间小“地下室”。他把书桌搬进去，里面冬暖夏凉，这下可解决了大问题，工作进度大大加快。当时，在司马光小屋附近有一座名园高楼，里面住着大官王宣徽，两宅对比如此强烈，人们戏称“王家钻天，司马入地”，可司马光并不在意。

为力争生前完成浩繁的《资治通鉴》，司马光给自己定下指标，每3天必须完成一卷。古书大多是卷轴式的，4丈长为一卷。冬去春来，没有假日，没有例外，甚至春节也不辍笔。天天写下去，3年一统计，共写下了294卷，三百多万字，草稿堆满整整两间屋子。而且，他治学十分认真严谨，每一页草稿都是用工整的楷书写成的，没有一个草字。他之所以要这样细致，那是因为他在为中华民族的子孙后代负责啊！

就这样，前后辛勤劳苦19年时间，我国又一部规模宏大的巨著《资治通鉴》终于完稿了。这本书上起周烈王二十三年（公元前403年），下迄五代末后周世宗显德六年（公元959年），前后1362年，与《史记》体例不同，它以年代为序，排比事实，是我国第一部编年体通史。

少年志效太史公，史学司马两巨龙。司马光虽没有过人的聪明，但他对祖国的贡献实在超越了许多碌碌无为的“聪明人”。

（1）人有志气，天资不太好也可以成才；没有志气，天资再好也会浪费。读了这篇故事，请你谈谈立志在人生中的重要作用。

（2）有个同学不同意上面的观点，他说：“不见得，我班有个同学很聪明，未见有什么志气，很爱玩，他父母连哄带骗奖点钱，照样让他把成绩搞上去了。”你同意这种说法吗？请举个例子来证明你的观点。

青春有志终辅国

阅读提示

一个少年在幸福的家庭环境中无忧无虑地长到十六七岁，也有不少学问，忽一日感悟：孔子十五而志于学，我十六了，志向在哪里，目标是什么。于是他选择方向，专攻治乱之策，后考中进士，进军朝廷，演绎出变法壮举，成为“中国11世纪的改革家”，可后来不顺，积愤而终。这是时代局限所至，实在可惜。

讲故事

王安石(1021—1086)，字介甫，号半山，抚州临川(今江西抚州)人，是北宋著名的政治家、思想家和文学家。他提出并组织了历史上有名的变法运动，史称“王安石变法”。

王安石出生在一个小官吏的家庭。父亲当过几任地方官，或东或西，常有调动，小安石跟着父亲东奔西去，长了不少见识。父亲对他要求十分严格，很小就让他接触诗书，吟词诵句，每日还要亲自考问，小安石对答如流。由此，他头脑中记下了不少东西，少年以后显得很有才气，也很自负。这也很难怪：家道殷实，生活安逸，衣食不愁，流连诗书，吟风弄月，好不快活，一晃就成人了。

公元1038年，王安石随父去江宁府(今南京)，故交属下前来拜望，王安石有时在场，人家纷纷当面夸奖他一表人才，风度翩翩，气度不凡，定有出息，问他多大年纪，父亲说快17岁了。王安石蓦然一惊，心中顿悟：孔子十五而志于学，自己已过了立志之年，可还不知将来要干什么，若不早定努力方向，此生岂不一事无成？当时不禁出了一身冷汗，他暗自庆幸总算意识到了这一点。后来，他经过思索，决定钻研经世致用之学，探索强国富民、医治社会痼疾的良药，辅佐君王，立志在政治上干一番大事业。

江宁府辖区广大，藏书甚丰，王安石专选古代经史子集比较着阅读，用心思索各朝代帝王治国之策与成败之因。他特别关注古代贤君的强国之道，如汉武帝刘彻、唐太宗李世民。他还喜欢走出书斋，与各层人士交谈，有时还深入农户，请教耕种桑织之事、兵役赋税之繁，倾听民众的心声。这些活动使得他既知书本又察民情，对后来实行变法，影响甚深。

公元1042年，21岁的王安石首次投身科场，一举考中进士，且名列前茅，随即赴扬州为官。到任后，这位年轻气盛的地方官就轻车简从，遍访民间，调查了解作物丰歉、民夫疾苦，采纳建议，兴利除弊，很做了些利民的好事。王安石为官清廉，主持正义，深受百姓的拥戴。后来调他到浙江鄞县做知县时，百姓依依不舍，夹道送行者逾万，"王大人好"之声不绝于耳。在鄞县，他一如既往，10天时间跑了14个乡，大力督劝乡村疏浚水渠，收防洪灌溉舟楫之利。在江南东路任提点刑狱时，他建议政府改革茶叶专卖制度，扭转了茶叶质量低劣而价格昂贵之弊，稳定了政府岁入，又使茶农商人得益，拥护者众。

王安石白天为公务奔波，夜间仍攻读书史，有时甚至通宵达旦，为此还闹出了一场误会。一天早上，有位同僚在衙门里碰见他，见他衣冠不整，脸上不洁，以为他在家里整夜酗酒，就教训他说："年纪轻轻的，不该如此放纵。"他连连点头，说："有理！有理！"未作任何解释。后来那位同僚了解真相后，才知道他并非通夜喝酒而是看书，十分感动。这件事一传开，大家都佩服他心胸开阔，志向远大，连欧阳修等名士都亲自向皇帝举荐他。

仁宗之后神宗即位。20岁的年轻皇帝锐意改革朝政，广求治国良才，知王安石有抱负，即招来京城，委以翰林院学士，后拜同中书门下平章事。次年，王安石又做宰相，他辅君治国之志如今实现了。

公元1069年，在神宗的大力支持下，王安石开始变法运动。他颁布了一系列政治、军事、经济方面的新法，开始了一场规模宏大、意义深远的政治改革。在富国上，他主张不加赋而使国富足，即通过管理和节用满足国家需要；在强兵上，他改革兵制，减兵并营，全国兵员由仁宗时的一百二十多万减至不足80万；他还改革科举、教育，整顿太学，设立武学、律学、医学等等。结果，在以后的十多年中，国家物价下跌，收入增加，王朝振兴，国力增强，兵力减少却两次克敌制胜，收复失地二千余里。

改革不可能一帆风顺，反对变法的人相当多。宦僚大贾对将他们的田赋收归朝廷的做法十分不满，以司马光为首的保守派攻击王安石把祖宗的旧法都丢掉了，连圣人孔子也不要了，骂他是大奸臣，甚至荒谬地把那几年发生的水灾、旱灾也说成是变法带来的上天惩罚。为此，王安石写了《答司马谏议书》予以驳斥，表示为国忘我变法求新决不动摇。

公元1085年，神宗死后顽固派得势，新法被废除。次年，65岁的王安石也在悲愤交加中抑郁而逝。但他的勇气，他的革新精神激励着后代的改革派。他被列宁称赞为“中国11世纪的改革家”，实在当之无愧。

(1)孔子“十有五而志于学”，王安石16岁才立志，那么，是不是说人非要到15岁的年龄才有立志的必要？也许我们现在还小，但我们应如何正确地对待立志呢？

(2)王安石通宵读书，不注意身体健康，这种做法并不科学，也不可取。但王安石仍然受到后人的赞扬，这是为什么？

梦溪向晚作笔谈

阅读提示

《史记》《汉书》，厘清了中国中古史轮廓，但这仅限于政治军事。统治者只关心治乱，忽视经济与科学，幸有《梦溪笔谈》记述了我国古代劳动人民的不少创造发明。不然，科技发展史不仅是一本糊涂账，而且还有很多东西会失传，不知该要造成多么大的损失。在科学技术飞跃发展的今天，我们不能忘了沈括这位科坛鼻祖。

讲故事

北宋时候，都城开封好不繁华。前廷后宫，皇上贵妃，文武百官，夜夜笙歌，处处灯火，都在及时行乐，不知东方之既白。这时，在都城南郊外的一处观星台上，有一位中年人，正全神贯注地举目仰望那寂寞浩渺的夜空，观察和记录着诸星宿的位置。这个人夜夜通宵达旦，附近农夫好生奇怪，后来才知道他是朝廷新任命的司天监沈括。为了测量北极星的准确位置，他每晚到此观察，已经3个月了。他每隔3个时辰画一张草图，把上半夜、半夜、下半夜北极星的位置标在图上，一共画了三百多张，终于弄清了北极星移动的规律，并计算出北极星并非正在北极，而是距北极还有3°多一点。沈括还推知冬夏昼夜长都为24小时，但长短并不全相同，因距日点远近有快慢之别。

公元1074年，由于北宋统治者腐败无能致使国力衰弱，北方辽国遣使入宋，借口重划两国边界，欲将河东黄嵬地区一大片土地强占。宋明知其欺人却没人敢前往抗争。沈括以一介书生挺身而出，自愿去契丹谈判。事前，沈括熟读资料，牢记在心。在谈判中，对方每有发难，沈括必答辩有据，弄得契丹宰相杨益戒十分恼怒，以武力相威胁。沈括不卑不亢，说："师直为壮屈为老，动武不见得就是我朝的不利！"最后契丹只好作了外交让步。一场舌战百万兵，沈括用机智捍卫了北宋的领土和尊严。返回时，他又细心地观察了辽统治区的地形、道路、险隘，并记录风土人情、人心向背，著成《使契丹图抄》一书献给朝廷。为便于神宗和大臣观察方便，他以溶蜡做出地图模型展示北方地势，这是世界上最早的立体地图（似今沙盘），沈括成为科学地理的创始人。

沈括才能如此出色，与他的出身和经历有关。

公元1031年，沈括出生于润州的梦溪园（今江苏镇江附近）。父亲沈周做过地方官，母亲姓许，是个有文化教养的女性。在她的管教下，沈括自幼勤奋好学，少怀大志，到14岁时就把家中藏书全读完了。白天光线充足他读书，晚上灯光暗淡他练习书法。因为用功过度，到17岁时，他得了很严重的眼病。20岁时，文章和书法都很有名。这期间，他随父入闽、豫、川等地，大大开阔了眼界。沈括又是一个有志气而细心的人，不论走到哪里，只要看到新奇东西，就要精心加以研究。比如，有一次，他从太行山下经过，看到螺蚌之壳及光如鸟卵的石头嵌在石壁之上，他经过仔细观察分析后得出结论说：这里古代曾是海滨，并举舜"殛鲧于羽山"，旧说在东海中今在平陆来加以证明。可见他早已判断出地壳运动变化、沧海桑田的地理现象。

父亲去世后，家中断了经济来源，幸亏沈括在23岁时被举荐作了沭阳县主簿。他深入民间，考察了沭阳县周围几百里的地区，了解当地的风土人情和沂、海、淮、沭四水流域的地形及特点，为发展水利和农业提出了创见。

沈括在历法上也很有成就。他提出以太阳历代替以月亮运行为坐标的旧历法，并设计24节为一年，立春为一年的第一天，以利农民耕种。可是沈括的建议却遭到朝廷的一班佞臣的极力反对，尽管800年后英国采用的农历与沈括的历法完全一样。

沈括在数学上的成就也令人称奇。他提出了"隙积术"和"会圆术"，从等差级数推广为等比级数，又对高阶等差级数作了很深入的研究；会圆术是平面几何方面的一个有创见的公式。此外，沈括在军事、物理、化学、生物、文学等多种学科中都有独到的研究和卓越成就。晚年，他把一生的积累编纂成书，就是有名的《梦溪笔谈》。《梦溪笔谈》全书分17类，列609条，有十几万字，记述了我国古代人民在科学技术方面的杰出贡献和他自己的研究成果。这本书，不但是我国的学术宝库，也是世界科技史的光辉之作。日本算学家三上义夫曾说：像沈括那样多才多艺的人在全世界科学史上实不多见，这种评价对沈括来说，是受之无愧的。

动脑筋

(1)有人说:“沈括看书和练书法搞得太紧张,结果患上很严重的眼病,应该严厉批评。”你同意这种说法吗,为什么?

(2)沈括上至天文、下至地理钻了十多门学问,你认为沈括这样有必要吗?你自己又是怎样做的?

早岁初怀齐物志

阅读提示

生当万户死封侯，男子生平志已酬。古人立志多求显达，一位青年好不容易进了朝廷却因说真心话、搞出乌台诗案被贬他乡。旧友得势，让他回京，他又说直话得罪旧友被贬得更远，一贬再贬，半生都在贬中度过，心情开朗吗？能有所作为吗？能，他还成了文学史上的全才作家呢！

讲故事

公元1079年，刚到古城黄州赴任的一位官长常常于夕阳晨曦之中，在城东一片黄土坡上开荒种地，躬身耕耘。坚硬干旱的荒地，锄头落下去只留下几道白印。秋后，这几十亩营田终于呈上金灿烂的收获，那位长官手捋胡须怡然而乐。这位官长以这块土地的位置自号为"东坡"。他就是宋代杰出的文学家苏轼。

公元1037年，苏轼出生于四川眉山县一个知识分子家庭。父亲苏洵颇有才学，却在科举场中榜上无名，家道清贫，爱弄文墨。一次偶然的机会，大文学家欧阳修看了苏洵的文章，十分赏识，就举荐他做了个小官。一家人这才走出眉山见到了大世界。苏轼与弟弟苏辙受父亲影响，自小十分勤奋好学，迷恋书籍，广为阅读。苏轼十多岁就博通经史，出口成章，少年气盛，每每大言欲做匡时济世之才。果然，公元1057年，苏轼20岁就考中进士，当上了主簿、签判的小官儿。他自以为从此前程似锦，仕途坦荡，信笔写下了“早岁便怀齐物志，微官敢有济时心”的诗句，以显抱负不凡。

谁知天有不测风云，苏轼一不小心被卷入了一场朝廷的政治纠纷。这就是文学史上有名的“乌台诗案”。

原来，公元1069年，王安石掀起了一场变法运动，得到宋神宗的支持，而新法尚未完善，腐朽的官僚执行起来又生出种种流弊。苏轼从民间听说了不少事例，觉得匆忙变法实为不妥，就上疏六千言，极论新法不便，一下子卷入了激烈的政治冲突的漩涡之中。皇上和改革派不愿朝廷内有反对者的声音，便将苏轼派往杭州、湖州等地任职。不久，有人指责苏轼以诗词讽刺新法，竟被弹劾入狱，这就是“乌台诗案”。总算有人说情解脱，苏轼才幸免于难，被贬到黄州做了个团练副史。

此时，苏轼年届40，意气正盛，一下子蒙受不白之冤，又远离京师不见友人，心情未免惆怅。在这里，他思索着宇宙人生的真谛，古今豪杰的得失，常与好友佛印和尚、学生黄庭坚泛舟赤壁之下，畅谈心中感受，抒发一腔豪情。有时，他又一人踽踽独行，徘徊于赤壁矶头，凝视江水东流，静听惊涛拍岸。历史长河在他胸中激荡，无数英雄人物如烟云飘过。一日，他诗情迸发；挥笔泼墨，一气呵成，写下了《念奴娇·赤壁怀古》这一豪迈诗篇：

大江东去，浪淘尽，千古风流人物。故垒西边，人道是，三国周郎赤壁。乱石穿空，惊涛拍岸，卷起千堆雪。江山如画，一时多少豪杰……

苏轼尚觉未尽胸臆，一发不可收拾，接连又写下《前赤壁赋》、《后赤壁赋》这两篇千古传颂的惊世之作，极尽对江山的赞美，对人生短暂的慨叹，对现实的不满施展抱负的企盼。在黄州的几年，苏轼虽政治上不得志，他却在文学创作上达到鼎盛时期，一举奠定了他在中国诗、词、书画、散文上的突出地位。

苏轼无以一展抱负，然而他对个人的升迁荣辱又是以平静淡泊的心情予以对待。这从他的诗词中可以窥见。

有一年，他带着一个随从，出黄州步行去浠水蕲州。他俩脚穿草鞋，身披蓑衣，手拄竹棍，此刻，这位大文豪简直与一介农夫毫无二致了。他们在乡下田间的小道上走着，在一片竹林边忽遇小雨，无处避躲，就任凭雨淋。当时，他吟出了“一蓑风雨任平生”的诗句，完全把个人的祸福置于脑外。

司马光上台后，苏轼被召回京。他与司马光交情甚笃，本可获重任，但苏轼一心只想到国强民富，对司马光全盘否定王安石的那一套也不赞成，结果又得罪了保守派，惹恼了司马光，又被迫离开京城到外地做知州。公元1094年，苏轼甚至被贬到更远的天涯海角（海南岛涯县）。公元1100年，苏轼遇赦，次年即病死于常州，结束了他命运坎坷的一生。

苏轼一生胸怀大志，也有经天纬地之才，却始终无法伸展抱负，政治上屡受挫折，一贬再贬，然而他的天才却在文学上得到充分展示。他是一位有多方面成就的作家。他的散文波澜迭出，变化无穷，汪洋恣肆，气魄宏大，哲理深邃。他为宋词注入了恢弘之气，开创了豪放风格，成为豪放派的公认首领。他的诗也别具风格，人人怜爱。此外，他的书法、绘画，造诣也很高，堪称一绝，独领风骚。他被后世誉为全能作家，在海外特别是在日本，至今仍被认为是不可多得的神才。苏轼的父亲苏洵、弟弟苏辙都非等闲之辈，唐宋八大散文家中他一家独占其三。苏轼培养的学生也不辱其师，黄庭坚、秦观等苏门四学士皆为诗词俊杰。苏轼以64岁的短暂人生，作如此辉煌的地球之旅，可以安息于九泉之下了。

（1）人一生中失败和挫折总是难免的，苏轼的一大特点就是在失败和挫折中始终保持良好的心境，自强不息，不消沉气馁。我们今天的环境和条件好多了，如何继续保持和发展苏轼的这种精神呢？

（2）苏轼的才能是多方面的，我们也应该多学几手。但我们是不是要今天学书法，明天学绘画，后天又学钢琴呢？请你举例说明博学多才与持之以恒的关系。

小瓦屋中大发明

阅读提示

我国唐代起有雕版印刷术。一块木板上细刻几千字，若错一字则整板作废，前功尽弃。从雕版到活版这一飞跃，发明者是脑子活还是手脚灵？其实这里头既凝聚着智慧，也流淌着血汗。科学小道从来都是崎岖的，艰难的，只有不畏劳苦的人才能攀上去。

讲故事

北宋时期，书籍印刷业相当繁荣。在大别山南麓的险峰天堂寨下（今英山县城外），有一座宽敞却低矮的黑顶瓦屋，里边终日传出"咚咚当当"铁器击木的沉闷声响，其中夹杂着肺腔不好的人们的一声声咳嗽。原来这是一座手工工场，十多个工匠正在酷暑中赤裸着臂膀，神情专注地低头雕刻着各自的木板。他们在一块块木板上刻上一行行蚊蝇般大小的文字，再印成一本本书。

突然"啪"的一声响，像是钝器敲击硬物之声，接着传来一声惨叫，一个约莫十多岁的男孩哎哟哟哼叫着逃了出来。只见他左手按住头颅，那殷红的鲜血正从指缝中流出来，简直惨不忍睹。可那打人的师傅还在破口大骂："死东西，一块版雕个把月，谷吃了几十斤，眼看快成功了却把它雕坏了！"说罢气呼呼又万般惋惜地把那雕坏的木板拿在手上反复看着，那上边麻麻密密都是字。

▲毕昇发明活字印刷术

挨打的学徒姓田，绰号“蒜头鼻”。他蹲在地上抽泣，血流了一大摊。这时，出来了一位身穿青布裤的小伙子，很瘦弱但很机灵。只见他从荒地上扯了些草药敷在“蒜头鼻”的头上，想安慰他却又无话可说。

这青裤小伙子姓毕名昇，在这儿当学徒3年了。师弟们因不小心刻错一个字坏了一块板而挨打的事，他见得多了。师傅们的凿刀打在别人头上就像打在他心上一样。他常常叹息说，要是有什么办法防止出错，大家不再挨打就好了。时间久了，他竟暗暗立下志向：一定要搞出个新法子来！

有一年春节，作坊小屋也透出点喜气，大师傅们把一张红纸裁成四块写了四个字：“福、多、灾、无”贴在门庭两边。可次日一早起来却变成了“福无灾多”。是哪个坏家伙移动了字的顺序拼排出这恶语来？查来查去，“蒜头鼻”又挨了一顿好打，并被迫重新调动了“多”和“无”的位置。

这件事算平息了，新年却过得不快活。晚上，毕昇为“蒜头鼻”抚伤口，“蒜头鼻”直喊痛，并说今夜要再去把字调过来。毕昇却猛然心灵中电光火石般地一亮，狂喜大叫起来：“有办法了！我有办法了！”从次日起，每天下工后，人们总难以见到毕昇。他一个人躲在厕所边的杂房中鼓捣着什么。他把长木条锯成一个个小木块，在小木块的一端刻着字，忙得不亦乐乎，又神秘兮兮的。师傅们见了免不了丢下一句话：“这孩子挺怪的。”

几个月后，毕昇终于鼓起勇气告诉大家：他有一种印刷新方法，不必一块整板一块整板地刻字，也不用担心刻坏一个字而废版，他的方法是把字刻在一个个小木块上再拼组在一起。

师傅们很感兴趣，可是试印之后效果不好，那些小木块很难拼得一般平，印出的字有的成了墨团，有的又不清晰，像一个大麻脸。大师兄气得骂了声“胡扯蛋”，猛一脚把活版上的小木块踢得满天飞。

毕昇很伤心，但不气馁。他拣起小木块洗净沙土，又钻进小屋倒腾起来。

几年后，毕昇终于完善了他的活字印刷技术，其方法是配备铁板、铁范。活字放在铁板上，用松香粘住拍平，再用铁范圈住，就很平展，很结实了。印出的书既清晰又干净，速度比雕版快几十倍，更重要的是不用担心刻错，而且活字能反复使用。不久，远远近近的人都来向他求教，新印刷术从大别山由北向南、向东向西传播着，后来又从亚洲经阿拉伯传到欧洲。

雕刻工匠们的梦想实现了，小徒弟们再也不因刻错了而挨打了。毕昇的理想变成了现实，他也成了人们永远纪念的活字印刷术发明家。

动脑筋

(1)“毕昇发明活字印刷术不是他有志气而是有运气,是碰巧想到的。”你同意这种说法吗?如果不同意,请运用故事中的事例去反驳它。

(2)毕昇出身贫寒是布衣,又在穷乡深山,他的成功说明科学无地域限制,条件仅是外因,只要做个有心人,在哪里都能有所作为。除了毕昇,你能另举一个事例来说明吗?

生为人杰死为雄

阅读提示

封建时代，对女性讲究“三从四德”，一句“女子无才便是德”的大谬不知扼杀了多少巾帼英才？少数烈女奋力抗争，达到识书诵文的程度已属不易。女人若要著书立说，在男人擅长的领域里显山露水，比登天还难。但在宋代，确有这样一名女子，不信邪，有奇志，倡新词，敢与大文豪苏轼分庭抗礼，各领风骚。且于夫亡落难之际仍鞭挞屈膝求和之徒，女子忧国而创新词，能不骄乎？

讲故事

公元1084年一天的黎明时分，山东历城西南的柳絮泉上，泉水叮咚，黄鹂婉唱，大地尚在沉睡。忽然一声婴孩啼哭声从礼部员外郎李格非的宅子里传出，顿时室内喜气盈庭，原来李员外喜得千金。员外郎快乐地在庭院里踱步，脑子飞快地旋转着，该给爱女取个什么名字呢？既要脱俗又要悦耳，想来想去，觉得都不能脱俗。他抬头望了望湛蓝如洗的天空，又低头看了看清碧如蓝的湖水，猛然间灵感来了：“对！就叫她李清照吧！”他对家里人说。大家都觉得这个名字不错，包含了“清如水，明如镜，洞察世事”之寓意。

李清照两三岁时，即口齿伶俐，到十多岁，出落得如花似玉，聪敏过人，家人视她为宝贝，但也不姑息迁就。她母亲王氏，其祖父是状元王拱辰。王家诗书传家，母亲知礼识文。李家父母都希望爱女也能有才学，便对她进行了严格的家庭教育。每日东方既白，清照即被喊起床，朗读经书，熟至能诵，中午讲解，下午则要答对作文，晚上还要练书法或绘画、下棋。清照整日里没有半点空暇，春夏秋冬，天天如此。学习如此辛苦，好在李清照十分好学，读写棋画各项活动她都兴趣盎然，乐此不疲。在良好的环境和家长耐心的熏陶下，几个寒暑下来，李清照已是个出口成章、下笔成诗、泼墨能画、对子能奕的多才多艺的小才女了。可当时人们以为琴棋为女人之乐，文章乃丈夫之事，对她写的诗词并不怎么看重。李清照却是个倔女子，她私下决心欲与男儿试比高，在文章上作个女中豪杰。

李家有女初长成。十六七岁时，李清照宛若芙蓉出水，却急煞了京城那一帮才子童生。他们都争着与李清照往来，明为切磋技艺，实欲一瞻佳人。李清照在这种接触中也开阔了眼界，受益匪浅，诗才日臻完善。一次皇家的征诗活动，更令她才华初展，名声远扬。

那是1101年新春，皇上为歌功颂德，制造升平气氛，传令向民间广征新春佳作。京城文人雅士奔走相告，个个跃跃欲试，要一展大笔，以博得皇上青睐。献诗会那天，百名高手云集一堂，外边人山人海，堂内鸦雀无声。参赛者手提狼毫，凝眉屏气，只听主试官一声令下“落笔”，顷刻间人人搜肠刮肚，笔走龙蛇，一挥而就。其间一位清秀女子，亭亭玉立，眉黛低垂，她就是李清照，今日也来一试锋芒。几天后，人们翘首盼望佳音，结果令男士汗颜，全部落选。唯有李清照那首《渔家傲》词以其豪爽洒脱的气势，独古鳌头，博得满朝文武的啧啧称赞。不久，有一位方面大眼的公子，对李家这位品貌超群的风雅女子倾慕之至。他就是当朝宰相之子、金石考古学者赵明诚。他比李清照长几岁，经过几番提亲，李父终于应允，二人情投意合，结下秦晋之好。

李清照入了赵家门，感觉像是进了书柜。赵氏数代书香，明诚又酷爱金石之学，广为搜集，书房辟有数间。夫妇俩常常一起校勘古书，研讨金石，才子伴佳人，生活极为和谐快乐。李清照博闻强识，每次午饭后夫妻对坐一张方桌小憩，泡上香茶，开始做一种竞猜游戏。赵明诚报出一篇文名，李清照即指出是某集某卷某页，猜对则罚赵，猜错则罚李。随后一看，往往是清照所言丝毫不差，赵明诚被罚喝茶一饮而尽，一脸窘态。李清照则笑得差点喊娘，这种高雅娱乐，真是情趣无穷。

有一回，李清照写了一首《醉花阴》放在桌上。赵明诚看罢暗暗吃惊，但他又不服气，他要和妻子比一比才气。于是闭门称病三天三夜，用《醉花阴》

词牌连填了五十多首词，再把李清照的词抄好夹在其中，给好友陆德夫评价哪首最好。陆看了两天挑中一首，词中有这样几句：“东篱把酒黄昏后，有暗香盈袖。莫道不消魂，帘卷西风，人比黄花瘦。”赵明诚脸上火辣辣的，原来这正是李清照写的那一首。这下他算是心悦诚服了，夫妻俩更加心心相印，情浓意蜜。

不料国临厄运，金兵南侵。1127年靖康之耻，大宋两位皇帝做了金人的阶下囚。黄河以北广大地区相继沦陷，千万百姓拖儿带女逃难南方。李清照夫妇也夹在其中，他们带着15车书。还有满满十多间屋子的书画不能带走，这是他俩省吃俭用多少年收集的心血啊！其中有很多稀世珍宝、孤本，可惜金兵不识金和玉，付之一炬，烧了个精光。

公元1129年，赵明诚被任命为湖州太守，先行前往赴任，途中不幸中暑病倒在南京。李清照闻信，心急如火，连夜乘舟东下，一昼夜行300里。可是她赶到南京时，赵明诚已病危，多方抢救无效，撒手而去，年刚49岁。李清照悲痛欲绝，掩埋了亲人，精神恍惚，孤单一人，漂泊他乡。她先后在杭州、越州、台州一带过着愁苦的生活。她痛恨侵略者和南宋政权腐败无能，害得她国破家亡。她盼望能收复失地重返故乡。她把一腔悲愤和抗金渴望凝聚笔端，写下了一篇篇充满激情、生动优美的诗词。那时，人们常看到在荒村古刹、残驿破舍之中有一位羸弱的女子伏案疾书的身影。这一时期是她一生中创作的鼎盛时期。令人惋惜的是，兵荒马乱、餐风沐雨，谁还有心思去欣赏一个小女子的词句？所以李清照的诗词大多散失，现存的不多。

李清照对宋词的发展作出了卓越贡献。她确立和发展了婉约派的风格，她的词被称为“易安体”，与苏轼所创立的豪放派并驾齐驱，是中国文学宝库中瑰丽的一页。一个女子能有如此成就，与她不凡的抱负是分不开的。她曾写过一首千古传诵的《夏日绝句》：“生当作人杰，死亦为鬼雄，至今思项羽，不肯过江东。”这不仅是在褒扬项羽，也是她内心精神品格的生动写照。

(1)李清照在金灭北宋，国土陷失之际，没有像古代女英雄花木兰那样披挂上阵、杀敌为国，而是写了不少诗词。能说她是爱国吗？为什么？

(2)李清照和赵明诚没有把家中全部金石之书和古玩字画带走，结果让不识字的金兵全部烧毁，这对中华文化来说无疑是个不可弥补的损失。你能说说，这种损失主要体现在什么方面吗？

神炮一声震金兵

阅读提示

火药是古代中国四大发明之一。火药通过战争经阿拉伯传到欧洲，推动了世界文明的进程。其实古代也有个中国人在以火药制炮克敌上作过尝试并大显神威，只是后继无人罢了。若再生几个虞允文，枪炮岂会姓“洋”？中国岂会百年受欺？可当今国人有几个知道虞允文的？实在不公正。

讲故事

南宋时，北方女真族建立了金国，其首领完颜亮野心勃勃，每日对着地图踱步想着如何消灭宋朝，使天下为金。而南宋这边，主和的秦桧虽然死了，但那一帮文臣武将尚未从“怯如鸡”的畏敌精神状态中解脱出来，心存侥幸，自我麻醉，“一片神鸦社鼓”，而战祸在一天天迫近。

一天，黄河上游风尘滚滚，遮火蔽日，金王亲率百万大军渡淮南下，杀气腾腾而来。宋朝驻守淮西的大将王权早已吓破了胆，放弃庐州逃到扬州。皇帝宋高宗更是胆怯如鼠，竟提出要渡海远逃，幸亏几名有骨气的大臣挡住，采取紧急措，撤了王权等两名贪生怕死的前线将领，并派虞允文去采石矶慰劳部队，鼓舞士气。可当虞允文赶到前方时，前将已走，新将未到，只有一些散兵败将，解鞍卸甲，三个一群，五个一伙，垂头丧气，充满着失败情绪，完全不像一支训练有素的军队。若敌人此时来击，岂不一败涂地？虞允文了解这种局面的极端危险性，当机立断，召来各校将开会，鼓励大家振作起来，为国立功。有人指责他说：“你是来慰劳部队，不是奉命督战，不要越权。如果战败，你能负责吗？再说，你有多大本事？”虞允文毫不退缩地说：“天下兴亡，匹夫有责，国若不存，我存何处？”他勇敢地站了出来，组织部队进行反击。

金兵号称百万，实为40万，可他一清点，宋军只有一万八千。真是敌我实力悬殊不可相提并论啊！将领们劝他不要以卵击石，可虞允文卫国之志坚如铁。敌军已逼近，求援军来不及，他就指挥这一万八千人马布下阵势。当金兵渡江时，他亲临江边指挥，宋军一拥而上，以多胜少，把先渡过来的71艘敌船打得落花流水。虞允文又指挥光州逃来的一股宋军在后方故作疑兵，让敌人真假难辨。金兵果然怕中埋伏，匆忙撤退了。虞允文又下令强弓劲射，敌军在慌乱中互相践踏，死伤数千。这一仗大大打击了敌人的嚣张气焰。

金王完颜亮气得嗷嗷叫，亲自督战，率几十万大军铺天盖地卷土重来。江对岸战鼓如雷，杀声震天，敌军分乘几千艘战船一字摆开，江面上三五十里黑压压一片。见此情形，宋军的许多士兵吓得目瞪口呆，将领也吓得脸色煞白，纷纷准备三十六计逃为上策。而虞允文镇静如常，谈笑风生，一面调整部署，一面严令逃跑者斩，一面催促手下火速将新兵器送发各部。宋军终于各就各位，总算摆好了阵势，待敌军船只将近南岸时，只听虞允文一声令下：“放炮！”顿时无数门火炮发出怒吼，雨点般向敌军飞去。那火炮落入水中燃烧爆炸，噼噼啪啪响成一片，震耳欲聋。在爆炸声中，一阵阵烟雾弥漫开来，冲入眼中又痛又痒，不能视物；吸入口鼻，又咳又呛，胸闷异常。金兵完全丧失了战斗力。炮火又引燃了船上物品，江风肆虐，火势蔓延，火舌所到之处，连人带船吞噬殆尽。金兵全然不知宋军发明了什么新式武器，一个个哭爹喊娘，纷纷跳江逃命。而北方士兵大多不习水性，溺毙者不计其数。金王慌忙下令后撤，可是已有三百多艘船焚毁于江中。

这一仗，金军损失惨重，士兵心生怨恨，不久发生内讧，金王完颜亮被愤怒的部将杀死，残部一溃千里，逃回金都。这一仗使金国伤了元气，从此一蹶不振了。在这次以少胜多的战斗中，宋军以约两万兵力。战胜20倍于己的敌人，是一场少有的大胜仗。它也是一个有意义的转折点，稳住了南宋王朝多年来动荡不安的局面。

宋军以少胜多，除虞允文指挥灵活有方外，霹雳炮功不可没。虞允文何以能发明这种新式火炮呢？原来，虞允文是个有心人。他见国力虚弱，一时又强大不起来，唯有改进兵器，才能御敌却兵。于是他处处留神。有一天，他在城外工场见工人烧制石灰。石灰烧好后浇入冷水，热气逼人，块块爆裂，烟雾刺目，令人极为难受。他又联想到鞭炮的制作，很快从中得到了启发。回去后他将火药和石灰混和一起，多次试验，终于制成这令敌丧胆的霹雳炮。这使他成为在中国战争史上首先制造和使用装有火药的“大炮”的名将。这也是人类第一次将火药做炮弹用于战争。而在此之前，火药只是用于制造爆竹。

虞允文既有将兵之才，又有发明之智。这是什么原因呢？

虞允文，字彬甫，四川隆州仁寿人，出生于一个富贵之家。其父是进士出身，官至太常博士。他对虞允文毫不娇惯，6岁即令诵读九经，7岁能做文章。小小年纪，虞允文心高气旺，每日黎明即起，手捧诗书在庭院竹林下吟诵不止，全不用父母催促。至疲劳时，他又行导引拳术，在庭院中练功夫，因此长得强壮有力，身高6尺4寸，又文质彬彬，满腹经纶，一望便知是个有作为的人才。他对父母特别孝顺。母亲逝世后，父亲身体衰弱，他不忍远离，直至1153年才考中进士，后来又到京城效力国家。那时秦桧专权，对川人大加排斥，虞允文很不得志。直到秦桧死后，高宗为国危犯愁，欲求护国之才，虞允文得舍人赵达推荐，与高宗谈用人之策甚得皇上欢心，才有此委任。在宋国大敌临门、大厦将倾之时，挽狂澜于既倒，克敌保国，终于成为一代名将。

哲人有语云：机遇偏爱有准备的头脑。此言极是。

（1）中国人发明了火药，用它来做鞭炮却没想到做大炮，结果让欧洲人抢了先。这说明了什么问题？

（2）有人认为：“发明火药枪炮用于战争，屠杀的还是人民，人类不应该发明这种东西。”这种说法对吗？你是怎样看待这个问题的？

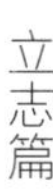

少年钻研壮有成

阅读提示

一件小事可以影响一个人的一生吗？有时是可以的，这里就有一例。家有远方来客，孩子感兴趣的不是好吃的瓜果，而是客人的那幅莲花漏图的拓片。孩子好奇着迷，后来竟成为著名的天文学家。成才的历程自然是曲折的，而有句话说得好："机遇偏爱有准备的头脑。"当一方才学在胸，一方"众里寻他千百度"时，这青年就吉星高照，北面事君，壮志可酬了。

讲故事

公元1246年的一天，河北邢台的一个郭姓人家忽然来了一位和尚，进门就喊老友郭荣。原来这位和尚法名子聪，来自武安天宁寺。他精通天文、地理、算学、音律等多种学术，极有学问，出家前与郭荣是至交。此次他因奔父丧回邢台顺便登门拜望。"有朋自远方来，不亦乐乎？"郭荣好生高兴，请坐上茶之后，两位老朋友就天南海北地谈开了。

郭荣有个孙子，年方15岁，生得双目炯炯，一脸灵气。小家伙不听祖父与和尚谈笑风，对盘盏中的珍稀瓜果也不取食，却对客人带来的一幅莲花漏图的拓片饶有兴趣。子聪和尚原本认识这孩子，并对他十分喜爱。当下和尚告诉孩子：这是一种天文仪器，乃宋仁宗天圣九年由天文科学家燕肃所创，是用来计时的，上边的构件大多以莲花、莲蓬、莲叶来造型，故名莲花漏图。

这种仪器宋金时期各地谯楼内都设有一套，供百姓计时用。可惜后来因战祸不断，匠人四散，它的制法工艺已失传了。和尚说罢无限叹息。

这孩子听得十分入神，也许此时心中已埋下了要再现这件实用工艺宝物的志趣。几十年后，他真的制造出几十件天文仪器，其中包括比这莲花漏图更为精确的计时漏壶——宝山漏，并成长为一名卓越的天文工作者。

这孩子名叫郭守敬，字若思，出生在河北邢台一个有书卷气的士宦之家。祖父郭荣学识渊博，精于儒学，且对数学、天文、水利很有研究。在祖父的谆谆教诲和影响下，郭守敬对科学知识很有兴趣，平时不爱同别的孩子玩耍，读书之外，喜欢玩弄些器具，颇有早熟之像，很令邻里惊奇。他还有个特点是喜欢琢磨思考，若看书遇难，非穷根就底，弄个水落石出、清楚明白不可。由于家学渊源的根底、祖辈名师的指点、个人的天资与勤奋，郭守敬的学问长进很快，小小年纪已在邢台学界享有名气。祖父为了进一步造就他，想为他再觅名师。子聪和尚就推荐他到武安紫金山学馆，向著名学者张文谦、张易求教。郭守敬在此深造3年，天文、算学、历法等多方面的知识又大大地丰富了。他对天文学尤其偏爱，造诣很深。他在这里还动手制造了一些简易的器具，有的巧夺天工，练就了出色的动手能力。他的名声也更大了。

公元1251年，居于滦河上游的蒙人酋首忽必烈想发展农业生产，巩固对北方地区的统治，苦于河道失修，又无治理人才。邢州安抚使张耕听说郭守敬才高八斗，熟悉天文水利，乃向忽必烈荐才。忽必烈召见郭守敬后，甚感满意，便令他治理邢台三河。他不辞劳苦，考察地形，勘测河流，请教长老，翻阅县志，收集了大量的一手材料，于是按水位、流量和灌溉实需进行综合设计，又精心组织施工。他体察民情，十分爱惜人力，结果这个相当规模的治水工程动用了四百多民工花40天时间就顺利完成了。百姓得灌溉之利，船民有舟楫之便，官厅消水灾之患，天下皆大欢喜。忽必烈十分赞赏，感叹道："如果办事的人都能如此有办法，我的官员就没有白吃饭的了！"随后，又经过几年的艰苦治理，郭守敬使当时最大古渠的10条正渠、18条支渠全部恢复旧观，浇灌良田9万亩，为一方庶民百姓除却了旱涝之累。

公元1276年，忽必烈又令郭守敬主持修订历法，从管地转向管天。因当时历法年久未修，贻误农时。而修历法须先观日月星象，可宋朝留下的天文器具，多陈旧笨重，锈迹斑斑，有的已成为一堆废铁。郭守敬将其一件件琢磨研究，对照古书，构思着如何改进、如何重造。不久之后，他就造出了侯极仪、玲珑仪、仰仪、日月食仪、星晷定时仪等13件仪器，又制作了《仰规覆距图》《异方浑盖图》《日出入永矩图》等与仪器配套。这些仪器"皆臻于精妙,卓见绝识,盖古人所未及",把我国古天文仪器制造推到了一个新的高度,是当时世界上最先进的天文仪器,比丹麦天文学家第谷的同样发明要早三百多年,也使测量工作比宋代大大前进了一步。忽必烈非常高兴,以其为奇才。

郭守敬却不居功,他向忽必烈建议道:"唐朝测天有13处测点,今朝疆域远阔于唐,应多于13处。"忽必烈好大喜功,立即采纳他的意见,拨款勘地,特设监侯官14员,分道而出,东起高丽,西至凉州,南达朱崖,北临铁勒,在广大的元朝疆域内共设立27个天文观测站,进行了当时世界上最大规模的测天活动,再次显示了中国古代天文学的鼎盛与辉煌。直至今天,河南登封县告城镇当年郭守敬所建的观星台,雄姿仍在,台前一只长30.17米的量天尺,巨臂擎天,令人叹为观止。经过长期的观察计算,郭守敬创立了新的历法——《授时历》,以365.2425天为一年,和地球围绕太阳运转一圈的周期只相差26秒。这在七百多年前,没有大型电子计算机,仅靠人手工计算的古代何等不易!又何等了不起啊!

郭守敬在算学上也很有成就。他在推算《授时历》时使用了"招差术",相当于现代数学上的高阶等差级数求和方法。在欧洲,直到1683年,英国大数学家牛顿创立插值公式,才与郭守敬的公式完全一样。此外,他还发明了算弧三角法等,令欧洲也只能望其项背。

少年钻研壮有成,郭氏精神励后人。何畏科学千重险,华夏儿女勇攀登。让我们记住这位杰出的前辈——郭守敬。

动脑筋

(1)有的同学说:"家有来客,郭守敬跑去凑热闹,还迷上了人家的莲花漏图,这是读书心不专,我们不应学习。"你同意这种说法吗?如果不同意,请你谈谈自己的看法。

(2)数学、天文并非高不可攀,郭守敬在简陋的条件下尚且利用"招差术"计算出一年比实际仅误差26秒,把外国人远远抛在后面。这说明只要有志气、有决心、讲究方法,就能学得好。读了这篇故事,你可以认真想一下,是不是这个道理。

一代天骄射大雕

阅读提示

从众星捧月的酋长之子顷刻间跌落到食草受欺的无父儿，人的命运真是变化莫测，这孩子该怎么办？他有出头之日吗？拉强弓、骑白马、射大雕、当酋长、灭金国、统中华、征欧洲，后边的这些步伐就是这孩子的几个脚印。英雄盖世，一代天骄，他是成吉思汗。

讲故事

公元1162年，在蒙古大草原的一座巨大帐幕内，传出一声婴儿的啼哭。外边静静而焦急等待的人群顿时发出一阵欢呼："酋长得王子啦！酋长得王子啦！"消息传开，整个部落一片欢腾。酋长下令全部落放假3天，以示庆贺。他给儿子取名叫铁木真，意即他将像钢铁一样成长为本部落的坚强柱石。

这位酋长就是蒙古尼仑部落的酋长，年轻有为。此时，蒙古族各部落还处于奴隶社会。为了掠夺更多的财富，蒙古高原上各部落贵族之间经常互相发动战争。小铁木真出世后，父王经常在外征战，他主要是由母亲照料和教育。母亲对儿子疼爱无比，天真活泼的铁木真每日在大草原上跑呀、跳呀，有时调皮地去拉父王的大弓，有时和母后坐在骏马上奔驰，在无忧无虑的日子中成长。不料铁木真9岁那年，一场灾难突然降临，他父亲在与其他部落的一次战争中被杀死，部落选出了新的酋长。他们被迫搬出了那座最大的毡房，住在一间破旧的帐篷里。家庭地位一落千丈，而这一切都发生在顷刻

▲一代天骄

之间。寡母孤儿不但再没有人来礼拜看望，还经常遭受冷眼和欺凌。有人还对年轻的铁木真母亲图谋不轨。这且不算，那些人还明偷暗抢，盗走铁木真家的牛群和马匹。母子俩没有肉和奶，只好到草原上采集野菜草根，到湖中捕鱼，猎取小动物充饥，过着艰难的日子。这前后强烈的反差，犹如两幅对比鲜明的图画，深深地烙在铁木真幼小的心灵中。有时母亲怀念父亲，暗暗落泪，小铁木真就安慰妈妈，他表示要做个像父亲那样强大的人，让母亲过上有尊严的生活。艰难困苦磨炼了铁木真的意志和性格。他发誓要复仇雪耻，振兴父王的大业。

远大志向等不来，也不能在梦中实现，只有靠自己去奋斗。铁木真顽强地练习各种武艺：骑术、射术和剑术等等。大弓拉起来憋得他满脸通红，胸肌欲裂，烈马摔得他浑身是伤，挥剑累得胳膊肿大；但他胸中有一团烈火在燃烧，竟然全不觉得痛苦。铁木真每天练得筋疲力尽，常常是带着月色跨进毡房“扑通”一声倒下就睡着了。母亲轻轻地清洗擦拭儿子身上的伤痕，想象着儿子有一天能长得又高又大、像他父亲那样强健、雄武……

可是铁木真还不够强大。有一年，他家养的马被一伙强盗抢走，铁木真孤身一人追击并与强盗厮打起来。由于寡不敌众，铁木真被强盗击落在马下。正在这危急之际，忽然有一个青年赶来，他杀退强人救下了铁木真。两人后来成为了好友。铁木真从中悟出了一个道理：靠一个人奋斗不行，必须取得众人帮助。此后，他十分注意关心穷人，帮助弱者，团结牧民。

公元1185年，22岁的铁木真联合一些人把掠夺成性的蔑儿乞部打得狼狈大败，缴获了大批马匹和武器，初次显示了他的勇敢和才能。许多人对这位老酋长的后代十分佩服，纷纷投奔于他，铁木真乘机建立起了一支数百人的队伍。他对士兵严格训练、奖惩分明，使战斗力大大提高，队伍也像滚雪球似的越滚越大。至公元1189年，部落贵族们看到了铁木真不可阻挡的趋势，在长老会上推举铁木真为合罕（酋长），并为他取了个尊号——成吉思（“强大”之意）。二十多岁的铁木真终于美梦成真，恢复了父王时代的荣耀和尊严，实现了振兴蒙古族的第一步。公元1202年，他又打败了塔塔儿部落。

这时的铁木真那鹰隼一样的眼光看得更远了，虎背下的雄心更大了，他要实现蒙古高原的统一，创下前无古人的功绩。为了实现这一目标，他训练战马，重用勇将，严明纪律。当时乃蛮部落也十分强大，其首领太阳汗野心勃勃，成吉思汗经过多年准备，决定逮住这只恶狼。恰好此时乃蛮部落来袭击和抢劫，成吉思汗乘机誓师歼敌。他把部队接十人、百人、千人进行改编，以有利于指挥和作战，然后利用乃蛮族的麻痹，挥师突入，乃蛮部被打得措手不及，死伤累累，骄横的太阳汗战死。公元1206年，全蒙古各部落在斡滩河畔举行盛大聚会，铁木真被推举为全蒙古大汗——成吉思汗。至此，铁木真实现了他的第二个梦想——统一大蒙古，成为蒙古帝王。

蒙古统一后，成吉思汗产生了更大的野心，他又发动了新的征战。铁木真军队所向披靡，先是西夏战败纳贡称臣，接着打败吐蕃。成吉思汗渴望征服更多的土地，他和他的儿子、孙子向南、向西进军，越过阿尔卑斯山，从亚洲打进欧洲，一直打到多瑙河畔，使欧洲人闻风丧胆。这是亚洲军队向西挺进所达到的最远的界限。庞大的蒙古帝国，其疆域是当时世界任何一个国家都不能企及的。

公元1227年，66岁的成吉思汗死于六盘山下。这位盖世英雄留下了不灭的英名。

动脑筋

(1)铁木真建立了横跨欧亚的大帝国，虽然并非全是他个人的能耐，但不可否认的是，他起了决定性的作用。你能把他的这种独特作用找出来吗？

(2)人们崇尚志向，反对野心，请你说说志向和野心的区别在哪里？联系本篇故事，哪些可以算作是铁木真的志向，哪些算作是铁木真的野心？

受命枭雄创蒙文

阅读提示

汉字相传是仓颉创造的，假名是日本人创造的。可要说让一个外民族的人创造另一个民族的文字，那简直是天方夜谭。可历史上就有这么一位天方夜谭式的人物，且他的志向并非在造字，却意外成为语言文字史上的造字家。

讲故事

世界上有数千个民族部落，有五六千种语言，绝大多数是有语无字。我国的蒙古族有幸于公元1269年结束了没有文字的历史，进入文字文明的发展阶段。可令人惊异的是，创造蒙古新字的却不是蒙人，而是一个叫八思巴的藏族人。

八思巴是怎么创造蒙文的呢？这件事还得从头说起。

八思巴于公元1235年生于吐蕃一个当地最有势力的萨迦派贵族家庭。他的伯父是萨迦教派的宗教领袖。这个世袭贵族家庭把学习和研究佛经作为家庭成员的必修课。身为教主的伯父对侄儿八思巴家教极为严格。好在八思巴自幼听惯了大人们朗诵经书的声音，咿呀学语时就跟着念，又聪慧好学。传说他3岁时就能诵读咒语，8岁能背《本生经》，9岁时已诵经数十万言，且能通晓其大意，给人讲简单的经典了。远近的教民把这个聪明的孩子当成神童，大家就不叫他的名字而称他“八思巴”，意思是“圣童”。

八思巴10岁那年，控制河西地区的蒙古贵族阔端邀请八思巴的人伯父去凉州。伯父正想借助蒙古力量统一吐蕃，就带着10岁的八思巴和他6岁的弟弟前往凉州。谈判获得圆满成功，萨迦派得到了蒙古的支持。从此他的伯父就在凉州住了下来。八思巴也留在这里跟伯父学习佛教知识。那些晦涩深奥难懂的佛经弄得他头脑发昏，饭都吃不下去。但八思巴是个有毅力的坚强少年，立志要成为像伯父那样的佛学知识渊博的宗教领袖。于是，八思巴咬紧牙关坚持了下来，刻苦地日复一日地学习。几年之后，他的佛学理论竟与伯父不相上下了。对有些篇章的理解甚至在伯父之上，他的伯父自愧弗如，又高兴又吃惊。

公元1253年又发生了一件事，促使八思巴离开凉州，南下数千里到了云南。

原来，公元1252年忽必烈受命征伐云南大理国，军事上很顺利，没遇到什么抵抗，但在治理上却遇到了麻烦。因为大理盛行佛教，人民不论贫富家家都设有佛堂，老少都手不离捻珠，个个吃斋念佛。而忽必烈却不懂佛教，当他听说凉州有吐蕃高僧后，就遣使前往请教，可惜此时八思巴的伯父已去世。八思巴就替伯父前往云南。

八思巴一路风尘到达南国拜谒忽必烈。忽必烈一看是个乳臭未干的毛头小子，很不以为然，因为当时八思巴只有18岁！可一经谈话，八思巴精深的学识很快就令忽必烈惊奇不已，于是就让八思巴主持仪式。忽必烈全家接受密教灌顶受戒后就皈依了佛门。后来，道教与佛教产生了宗教纠纷，双方各执一词褒己贬彼，互不相让。到底谁的理论深，忽必烈下令双方各出17人对辩，结果八思巴以丰富的学识、高超的辩才使道教徒张口结舌地败下阵来。忽必烈非常高兴，正好这年夺得了蒙古汗国的最高统治权。他立即封八思巴做了国师并赐予玉印。

这时忽必烈感到，蒙古国横跨东西，盛极天下，却没有自己的文字，这实在是一大憾事。有一天他突然想到了八思巴，就想请他为蒙古设计创造出一套新字来。

八思巴受命之后，夜以继日地工作。他通晓蒙古语发音，就参考藏语的字母，前后反复思考推敲比较，逐渐创制出了一套比较理想的蒙古新字。这套文字共有41个字母，能拼合成一千多个音节，很适合蒙古语言的特点，也能译成汉语和其他民族文字。忽必烈见后大喜，一面摆宴庆功，一面颁下诏书，规定从公元1269年起，元朝的一切玺书文告，都必须用蒙古新字。此后整个元朝时期，皇帝的所有诏制和国家的一切法令、文告、印章、牌符、钱币等一律都使用蒙古国字，还有蒙文翻译汉文的经史文献，供蒙古贵族子弟学习。八思巴因为造字有功，被忽必烈加封为“大宝法王”。

公元1274年，八思巴因故返回西藏，忽必烈依依不舍，亲自送行，并派太子真金率兵护送他到萨迦寺。八思巴回到故乡后的第6年，不幸去世，享年45岁。消息传到大都，忽必烈十分悲伤，赐给他一个很长的封号，并长久地祭奠他。

八思巴年少时期盼望的做一个有知识的宗教领袖的理想虽然没有实现，但他创造蒙古新字的功绩，中国各族人民永远不会忘记，他是一个了不起的人。

八思巴为蒙古族创造新字一事与他深厚的学识功底有关，这再次说明“机会偏爱有准备的头脑”。请你结合故事内容，谈谈你对这句名言的认识。

元代杂剧一巨匠

阅读提示

旧社会，王八戏子哈巴狗列在同一个层次。由此可见当时艺人社会地位之低下。而有一个人却放弃太医院尹不做，加入低贱的戏子之列，该不该？此人用一支硬笔书写穷人，满纸辛酸。他的改行，改出了一部部世界名剧，改出来一位世界级文化名人，值不值？

讲故事

公元1270年前后，大都（北京）的一条陋巷内住着一户关姓人家，关家有个小儿郎，长得眉清目秀，方面大耳，又聪明伶俐，小脸蛋整天红扑扑笑盈盈，人见人爱。

这孩子叫关汉卿。他家祖辈为医户，救死扶伤，悬壶济世，为人又谦和公道，热心快肠，所以关家很得邻里尊敬。那时都市沿袭宋代遗风，瓦肆盛行，民好娱乐。这条陋巷虽为清一色草民百姓，其中却有众多才艺之士。每日黄昏下来，市民们有的拉琴，有的吹箫，有的击鼓，有的敲锣，或说评书，或唱小调，一时间欢声乐浪排空塞巷，好一幅都市闲乐图。

巷人忘忧作乐之际，就是孩子们快乐活泼之时。他们三五成群，你追我赶，跑上跑下，在排凳小桌之间钻来钻去。大人们似乎也格外宽厚，挪挪身子让开他们，并不发怒。只有最厉害的瘸老爹偶尔咕噜一句："这些伢们，找个地方坐下静静听可不好？"

那关汉卿就在这陋巷艺术气氛中熏陶长大，无形中增添了不少艺术细胞。而且汉卿这孩子有些特别，他心很细，不满足于凑热闹，而是将那些大人的唱腔说词默默记在心中。家中墙上挂着的长箫短笛他也常取下来吹一吹。开始声音像杀鸡，耐心地练久了，关汉卿渐渐开窍进入角色，几年后就成了一把管乐好手了。

关汉卿很早启蒙，识字后又开始读医书，背药方。什么《伤寒论》《汤头歌》，半懂不懂的，全得读和背。祖父很严厉，也不讲解，只要他背。祖父是个矮胖的老头子，对病人非常地认真负责，除了拿脉，对脸色、眼睑、舌苔、手心手背，还要翻来覆去地看，偶尔问一两句，最后才开药。他是声望极高的医生，多数病人能药到病除。祖父拿脉看病时，他站在一边看。病人走后，祖父又给他讲病理、病象、药性等。关汉卿心里极佩服祖父，向往着长大后成为像他那样的名医，为好多好多的穷人治病。在祖父的谆谆教导下，他进步很快，不到20岁就名声在外了，常常代替祖父出诊。他很有风度，人们评价他生而倜傥，博学能文，滑稽多智，蕴藉风流，为一时之冠。不久，有人推荐他做了太医院尹。

伴君如伴虎，太医院等级森严，规矩繁多，关汉卿身在其中，时时处处得小心谨慎，生怕招来杀身灭门之祸。太医们又相互钩心斗角，巴结权贵，叫人伸屈不得。关汉卿难以适应，心中万分痛苦。他日夜思念里巷中那种自由的空气和忘情的娱乐。那是多么美好的人间生活啊！

有一天，关汉卿终于写了辞呈，懒得作太医院尹了，他又回到那曲里拐弯的小巷，又捡起了尘封的笛箫，加入民间大合唱。他认识了更多的人。当时，戏剧界的大名士杨显之成了他的好友，散曲家王和卿也是他家的常客，还有女演员朱帘秀与他来往密切。他精通音律，又会吟诗，吹箫拉琴，唱歌跳舞，下棋对弈，多才多艺，无所不能。宾朋海阔天空，或畅谈胡侃或即兴表演，把个小小的厅堂弄得悠扬飘逸，雅趣盈门，宛如皇家的艺术殿堂。

那时“倡优”（演员）社会地位低，王八戏子被人欺。可关汉卿不鄙视戏子，反而与他们交往甚密，后来甚至整天生活在演员中间，为他们作些伴唱化妆之类的事，有时还为他们写起剧本来。特别高兴时更“躬践排场，粉墨登场”，上台表演起来。他嗓子好，唱功做功扎实，又特别富于情感，因而表演比优秀戏子还受欢迎，时间不长，就有了盛名，终于被大家公推为戏剧界领袖。

和下层人物接触多了，民众的痛苦在他胸中积累，太医院时又目睹了不少腐败黑暗。关汉卿心中无比同情民众，无限痛恨贪官，因不满而孕育的反抗种子在心中萌发。他决心用一支硬笔，把被迫害的小人物搬上舞台，向统治者宣战。

关汉卿偶然听到一件极为悲惨的受害妇女的故事。他想以此为材料写成剧本，但又担心无人敢演出，女友朱帘秀拍着胸说："你敢写我就敢演！"巾帼正气给了他很大的震动和鼓舞，老友王和卿又给了他许多具体的帮助。于是关汉卿关上门，泡上一壶茶，搓好一条湿毛巾，三天三夜未下椅凳，一部撼人心脾的悲剧《感天动地窦娥冤》诞生了。

官府得知此事，派一位大员带着几名兵丁前来，威逼关汉卿把剧本中斥责贪官污吏、天地鬼神的话全删除，加上些歌颂皇恩浩荡之类的句子。关汉卿哪里肯？官员留下话：不改就砍脑袋。关汉卿不改并让朱帘秀上台演出。官家大怒，令将二人斩首。幸得此时朝廷内乱拖延下来，戏剧界的朋友们串联了一万多人签名要求朝廷赦免，这样官家才将二人改判。

关汉卿被逐出大都，仍继续写作。他写悲剧，也写喜剧；以现实为题材，也从历史中取材。大多数作品暴露了社会丑恶黑暗，歌颂劳动人民的正直品质和反抗精神，塑造了社会各类人物的艺术形象，特别是一些普通妇女的形象最为成功。他几十年中写作的杂剧近七十种，最著名的有《窦娥冤》《救风尘》《望江亭》《拜月亭》《单刀会》等，成为比欧洲文艺复兴时期的莎士比亚、莫里哀早三四百年的大剧作家。他的剧本被译成多种文字，使他成为世界各国共同纪念的文化名人之一。

告别杏林成憾事，有剧存世亦丈夫。关汉卿的一生可谓不凡。

(1)有人说："树立志向就应该矢志不渝地为之奋斗，关汉卿本来志在当良医悬壶救世，而半路改行写剧本，这可是立志的大忌。"你认为这种说法对吗？请分析一下。

(2)关汉卿反贪官不是去领导武装起义，而是用手中的笔杆子去抨击旧社会。读了这篇故事，请你说说采用这种方法反封建的进步作用。

断经残纬织大章

阅读提示

一个有志图王的青少年去参加农民起义军，失败后流落江湖，可他没有消沉，将散失的前代话本尽行搜集，重新编织，数载耕耘，谱写出中国小说史上最辉煌的一章。其人有志，其人可敬。

讲故事

元朝末年，北方太原城里一处街巷深处，有一间老瓦覆盖的民宅。破旧的门枢已被蛀虫蛀得孔眼斑斑，屋内的茶几、香案、书桌、床铺甚至沿墙根的地面上，堆满一摞摞的残书旧章。其间，一位满脸风霜的汉子正在一本本地翻阅，并不时走近书桌飞快地写上点什么。

"罗本，你这样下去会弄出病来。"说话间，一位北方大汉已迈进木门槛，直挺挺地站在堂中，看着罗本憔悴的脸色、红肿的眼睛、蓬乱的头发，又劝说道："著书的事，还是慢慢来好！"

那看书人叫罗本，刚进来的是他的朋友贾仲名。这贾氏是时人甚为欣赏的倜傥之士，为人潇洒诙谐，善于苦中寻乐。他也在收集轶闻，撰写《录鬼簿续编》。二人志同道合，常有来往。

罗本把一卷残本顺手搁在茶几上，示意贾仲名坐下。

贾仲名问他近一个月来可有收获。罗本指了指靠墙的一排旧书说，这是上旬大同一位老者赠送的，在太原城东向一位旧艺人也收到一二十本；还有些三三两两的散本，是近日走街串巷获得的。

贾仲名俯身去瞧，只见油渍的旧封面上隐约可看出《赤壁之战》《空城计》《孔明出山》《刘关张大战吕奉先》等，就说："你这里快成宋元'说三分'平话的总库了。故事本子这么多，肯定能写出好篇章来。"

罗本摇了摇头，叹口气说；"还有今人《全相三国志平话》本子没有搞到，艺人们保守得很严，硬是借不出来，那可是平话本中最完整的故事。"

"罗兄不必忧愁，小弟一定为你取来此书。"

"此话当真？"

"罗兄抬头请观看，全相本就在你面前。"贾仲名刷地从胸前长衫的折皱中拿出一本砖头厚的抄本，滑稽地做了个身段。罗本喜出见外，抢过来一看，《全相三国志平话》7个字历历在目，不禁连拍大腿称妙，一边拉住贾仲名的右手说："走，喝一杯去！"说罢，从床底下飞快地抄出一件旧衣上当铺去了。

罗本字贯中，出生时家道中落，祖辈的辉煌如过眼烟云飘散，唯一的余光是留下来几柜书。在家人为生计奔劳之际，他自识字起即以书为伴，一本本半懂不懂地啃起来。他盼望着像英雄那样驰骋疆场，为国立功。可元统治者把汉人列为三四等下人，哪有出头之日。成年后，为了追求理想，他远离家乡，闯荡江湖，过着游离不定的流浪生活。张士诚起义后，他连夜投奔，指挥一彪人马厮杀起来，不善作战的农民军被训练有素的元军大批杀戮。罗贯中拼死命想计谋，居然也打了一些胜仗。这为他后来创作《三国演义》奠定了现实基础。

明太祖朱元璋统一了中国。罗贯中从事起专记轶闻琐事的稗史的编写工作。他很勤奋，短短两年就辑录千余件了。

在写稗史的过程中，罗贯中接触到许多反映三国时期政治军事斗争的话本（说书艺人的本子）。因北宋时期都市繁荣，市民爱听一种叫作"平话"的说书讲史艺术。许多艺人鼓噪而上，大批话本应运而生。故事除战国外，最多的是说三国。每到夕阳西下，小巷中有人搬凳子，有人端茶杯。大家都爱此一乐，掀起了一股不大不小的"三国热"。

罗贯中不爱听却爱把话本借回来看，三国那段风云在头脑中翻腾起来，一个个英雄人物在眼前晃荡。有一天，他不禁怦然心动："何不把这单个的三国人物和故事连缀起来，搞成一部大章？"

目标一经确立，罗贯中立即付诸行动。第一件事是从艺人们那儿收话本。他到处跑，费尽口舌，有的很爽快地借给他，有的满腹狐疑怕夺了饭碗。

一两年内罗贯中跑遍了太原城及周围城市，搜到的本子不下千余种，发霉的破书摆满了厅堂。今天老友又送来关键的一本。他觉得材料差不多，该进入第二步着手创作了。

罗贯中把同一人物，同一故事的本子放在一起，比较长短，凡是名本的精彩部分他都折了记号并批上："此处甚妙！"有的觉得不够合理、不够生动，他就充分展开想象，使故事有血有肉。如刘关张三人本只相识，罗贯中却编出"桃园结义"的情节，此外还有"七擒孟获""六出祁山""鞭打督邮"等都凝聚着他的智慧和想象力。

罗贯中又在此基础上构建全书主旨大纲，他想以时间为顺序，从纵和横两方面交织着把三国历史和人物栩栩如生地展现出来，就取书名为《三国演义》。他把情感的天平，倾斜到刘备一方，确立了全书的尊刘贬曹的政治倾向。此后按纲目写作，黎明送月，午夜伴星，七八年后，120 回 75 万字的《三国演义》写完了，我国第一部长篇古典章回小说终于诞生了。

《三国演义》是一本奇书，在中国和世界文化史上占有重要地位，受到人们长久地喜爱，并远播海内外。罗贯中图王的少年壮志没有实现，可他创作的《三国演义》却为中华民族带来了荣耀。

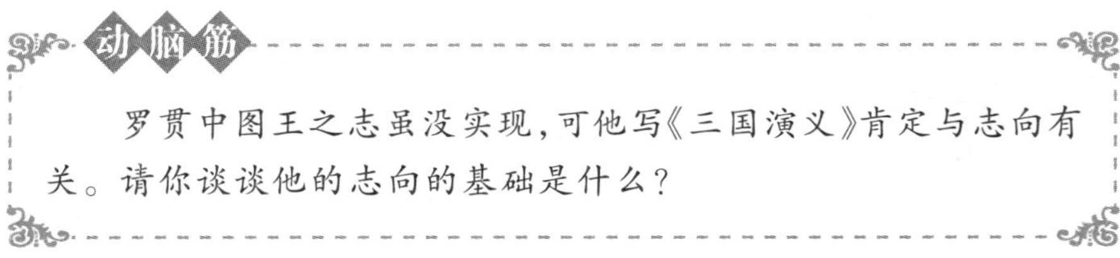

罗贯中图王之志虽没实现，可他写《三国演义》肯定与志向有关。请你谈谈他的志向的基础是什么？

牧童登基建大明

阅读提示

几个黑瘦的放牛娃在山坡上做游戏，皇帝轮流做，明年到我家。他们肚子饿得生痛，就宰了一头牛吃。谁的主意？主人追查怎么办？出主意的孩子父母双亡，无人抚养，后来做了和尚。谁知元兵一把火把寺院烧光，是祸是福？几十年后，那个做皇帝的游戏美梦竟然成真了！如果不信，那就读读下面这个故事吧！

讲故事

在长江北岸一座草木茂盛的荒山上，几头黄牛正在贪婪地啃啮着嫩草。有三五个牧童则在一块裸露的青石板上玩游戏。“皇帝轮流做，明年到我家。”歌声飞扬，玩耍嬉笑，好不快乐，不觉红日西沉，光线渐暗，孩子们的肚子饿得咕咕叫，不免担心起来：要是田主今晚不让吃饱，晚上又怎么睡得着？忽然，那个脑门高耸的孩子王眼珠一转说：“别着急，我现在就让你们有肉吃，并且吃得饱饱的。”说着，凑在小伙伴们的耳边如此这般地咕咕了一通，讲得人人眉开眼笑。

那孩子王叫朱元璋，他指挥大家七手八脚地宰了一头肉墩墩的小牛，拾来柴火把牛肉烤得喷喷香。孩子们大块大块地割下来吃，边吃边唱，边唱边跳，他们从来没有这么快活过！吃饱后把剩下的藏起来，把地面收拾干净，又把那条毛茸茸的牛尾巴插到悬崖上的一处裂缝中，然后就赶着牛群下山了。田主阴沉着脸在门前正等得焦急，朱元璋慌忙上前报告："东家，不好了，有一头牛钻进山洞里去了！"田主一数果然差一头牛，心疼得要命，半信半疑地跟着朱元璋往山上跑。他咬牙切齿地吼叫着，说要是朱元璋敢撒谎，就将他推下深渊。上了山中，只见悬崖上的岩缝外，果然露着一条牛尾巴，朱元璋又绘声绘色地说他看见一个天神把手一招，牛就狂奔过去了……田主无可奈何，只好自认倒霉。孩子们见了都暗暗窃笑。

公元1328年，朱元璋出生在安徽省凤阳东的一个佃户家中。全家靠租种田主的土地过活。他就给田主放牛，每天日晒雨淋，还吃不饱肚子，遇上牛群斗殴弄伤了牛身子，还得挨打受罚，饭也不给吃。看到田主的孩子穿得整整齐齐上私塾学堂念书，他做梦也想跟着去。可父母太穷，没法办到。公元1344年突遇一场百日大旱，土地龟裂、禾稻枯死。穷人的日子雪上加霜，讨米流浪，饿殍遍地。朱元璋家也一连饿死三人：父亲、母亲和长兄。朱元璋无法活命，就跑到附近的皇觉寺出家当了和尚。

和尚也不是好当的，朱元璋处于寺庙等级中的最低层，初来乍到年龄又小，更是处处受欺。每日三更尽即起，里里外外洒扫庭除之后，还要与大家一起敲钟击磬，诵念经文。肚子饿得翻江倒海，好不容易盼到开饭，却又有长老师兄轮番使唤他添饭端菜，待他们抹着嘴吃完，早已锅底朝天。他只能伴着泪水吃下点残汤剩菜。这些不平和痛苦总在敲击着他那颗稚嫩的心：自己为何这么可怜？穷人的孩子就不是命？有朝一日老子出了头，让你们睁眼看看。志气的种子埋入了朱元璋心田。

这一天终于来了。公元1352年，韩山童、刘福通在颍州起义，起义军头裹红巾，称为红巾军，红巾军宣称"不平人对不平事，杀尽不平方太平。"这话简直是冲着朱元璋心里说的。他暗中准备投奔红巾军。正巧此时元军一把大火将皇觉寺烧了个精光。和尚们哭着自找生路，朱元璋就到濠州郭子兴的起义军中当了亲兵。这一年，他才25岁。由出家和尚迈向戎马生涯，是朱元璋一生中有决定意义的一步。

朱元璋作战非常勇敢，曾匹马单戈，日行百里，很受郭子兴的赏识，很快擢升他为起义军总管，郭子兴死后，又当了首领。他一面整顿军队，一面大力扩充势力。他很善于鼓动将士。有一次与元军作战，朱元璋让人将起义军的战船绳索全部砍断，千艘船只立即被江水冲走，战士们惊愕无比。朱元璋乘机激励大家说：现在返回去已没有船只，只有向江南一条生路了。将士们拼死向前，结果朱军一举攻下太平城，势力更加壮大。

公元1360年，朱元璋与割据北方的另一支起义军陈友谅部进行了一场决战。战前朱元璋观察预测了天气情况，让士兵快吃饱饭，说饭后有雨，要在雨中消灭敌人。果然刚吃完饭就暴雨倾盆，将士们非常佩服主帅能识天机，便精神抖擞地冲向敌阵，而陈友谅部下疲乏无力，很快就被打得落花流水，大败而逃。陈友谅扔下部队乘一条小船逃走，才算保住了性命。

朱元璋逐渐走向胜利，将士中有些人开始骄傲起来，军纪也有所松弛。朱元璋发觉后，立即严肃军令，整顿军纪。有个士兵违令抢了百姓的东西，朱元璋下令将其杀死，从此再也没人敢违反军令了。朱元璋又听了谋士高升的建议："高筑墙，广积粮，缓称王。"就是说一要巩固后方，二要发展生产，三要暂缓称王。以后几年朱元璋重视发展农业，生产有了发展，粮食丰足。他又抓紧扩充军队，经过一番争夺，逐渐控制了长江中下游地区。

朱元璋的势力日益壮大，元朝统治者非常惊恐。公元1362年，元朝廷派尚书张昶前去收买朱元璋，任命朱元璋为江西省平章政事，朱元璋没有答应。又经过6年的战斗，朱元璋在广大贫苦农民的支持下终于推翻了元朝的腐朽统治。公元1368年正月初四，朱元璋在南京钟山建都，成立了大明政权，正式登上了皇帝宝座。当年放牛娃做皇帝的儿戏终于变成了事实。

（1）朱元璋和小伙伴们把牛杀死烤着吃了，却回去撒谎说牛被天上金刚召去了。从朱元璋的这次撒谎，你能看出什么问题？

（2）有人认为："朱元璋当皇帝完全靠巧合：如父母在，他当不了和尚；如果皇觉寺不被烧，他不会去投军；如果郭子兴不战死，他当不了首领。所以谋事在人，成事在天，仅靠个人奋斗是没有用的。"你同意这种看法吗？如果不同意，请谈谈你自己的想法。

云帆高挂济沧海

阅读提示

地球上海洋占十之六七，可怜的几块大陆又大多分割隔离。自有了舟楫之利，人们即开始了探索远征。传说我们的祖先曾越过白令海峡到达美洲，在中南美创造了玛雅文明和印加文明，此尚须考证。而郑和七下西洋远航亚非欧，则是不可磨灭的事实。想当初，威武的大明船队远征三大洋，浩浩荡荡。沿岸土民以为外星来客，那是多么的辉煌啊！我们能只知哥伦布，不谙郑三保吗？

讲故事

公元1405年6月15日，一轮红日从东方冉冉升起，苏州刘家河清碧的江水被染得通红。晓风微浪的水面上，一字摆着208艘崭新的商船，河两岸看热闹的人里三层外三层排了好几里路长。人们指点着大明远航船队展现出的威武气势、豪华品位和庞大阵容，发出一声声惊叹。特别是列于队前的62艘大海船，举世罕见，每艘有几层楼高，透迤栉比，好似江底突然冒出的海市蜃楼。数十面黄灿灿的大明锦丝旌旗在船头高耸的桅杆上猎猎飘扬，骄傲地向世界展示着大明的鼎盛。更有为首的那一艘巨轮，昂首挺胸，恰似鲲鹏腾飞。这艘巨轮长44丈4尺，宽18丈，上有12面大帆，需要二三百名水手驾驭，可容纳千余人。这是艘指挥船，船上雕栏玉砌，豪华张扬，显示着泱泱大国的不凡风度。船队带有水手、翻译、采办、工匠、医师及护舰官兵二

▲郑和七次下西洋

万七千多人。

这时，只见指挥船上一位风度翩翩的官长把手一挥，顿时号角齐鸣，划破长空，数千名水手各就各位，各司其职。两岸人群，拼命欢呼；船上人员，情绪激昂，大明船队在喜庆吉利的气氛中徐徐起航了。

大明政权为什么要组织这次远航呢？原来明朝时期，资本主义在中国已经萌芽，手工业日益发达，商业贸易繁荣。中国是当时世界上最富强的大国，数千外国使臣商贾来华进行贸易。明成祖朱棣是个既具有远见卓识，又好大喜功的人。他刚刚决定迁都北京，又想开拓海外联系，了解外部的世界，显示中国的富强，经过多年筹划，才有这次大明远航下西洋的盛举。

率领这支船队的首领是朱棣的亲信、明特使“三保太监”郑和。郑和是什么人？朱棣为什么让他担此重任呢？

原来，郑和本姓马，叫马和，小名三保，1371年生于云南省昆阳县一个回民家庭，信奉伊斯兰教。马和12岁时，父亲马哈去世，母亲带着儿女四处流浪乞讨。不幸的是，马和被明军抓住，又被阉割送入皇宫做了太监，因他聪明伶俐，皇太子朱棣很爱和他玩耍。朱棣做皇帝后，赐他姓郑，人们又叫他“三宝太监。”由于在逆境中磨炼出坚强的性格，办事情总比人高出一头，很得朱棣的赏识，被选为统领，率队远征。

郑和船队沿长江而下，出江入海，穿越台湾海峡，涉南海到达远航的第一个目标——占城国（今越南中南部）。占城国王头戴锦冠亲临码头欢迎，设宴犒劳，交流物产，十分友善。之后，郑和率队劈波斩浪，直抵南洋，遇港则靠，逢国必交，很受各国各地酋长土著的欢迎并与之建立了牢固的友好关系，换回了各国异产奇珍。二百多艘船上货类分陈，堆积如山。在历时两年零三个多月的航程后，郑和一行才返回中国。首航十分成功，明成祖极为满意，奖赏有功人员，并下令郑和再次远航西洋。

在以后的年月里，郑和船队，出航不止。一次，他们远征阿拉伯海西部，那里是世界海洋中大浪频率最高的海区。狂风巨浪排山倒海般地袭来，时而把大船抛向空中，时而又掷向谷底，不少人被抛入海中，全船队面临着覆没的危险。郑和一边坚定沉着地指挥航行，一面鼓励大家谨慎操作，与风浪作殊死搏斗。经过25个日夜的拼搏，郑和的船队终于驶出阿拉伯海，进入阿曼湾。郑和一行转危为安，稍事休顿后，又向前进发。在郑和的远航中，像这样的危险历经过多次，不少船员在茫茫大海中献出了生命。

郑和筹划过一次最远的航行。他们从太平洋经印度洋穿越霍尔木兹海峡进入大西洋，然后沿非洲东海岸南下，到达了许多前所未闻的国家，如今天的索马里、肯尼亚所在的地区。中国人在这里大开眼界，见到了许多原始部落和土著民族。他们赤身裸体，食蚁吞虫，飞矛射猎，手语交流；他们勇猛朴实，对远方客人十分尊敬友好；他们以象牙、丁香、宝石等交换谷物、刀矛、匕首、瓷器等，并纷纷登上大船来看稀奇。中国水手们在这里也见到了许多东方未有的动物：驯善的斑马、高大的长颈鹿、肉堆似的河马和独角羚羊等。通过这次远航，中国新结交了许多国家，许多国家也听说了中国。

郑和第六次远航时曾在我国的宝岛台湾停靠，给台湾人民带去了生姜等，至今那里有些地方仍称生姜为“三宝姜”。在28年的时间里，郑和先后七次下西洋，其规模之大、航程之远，创造了世界航海史上的奇迹。

1436年，这位世界著名的航海大师因病死于南京，从此远离了浩大的船队和波涛汹涌的大海，平静地躺在牛首山上。他以七下西洋的壮举，在中国和世界航海史上写下了光辉的一页。后人永远难以忘记他的贡献。正如英国皇家科学院院士李约瑟博士所说：郑和是世界航海史上的伟大先驱者。他实际上是发现非洲赤道以南海岸的第一个航海家，比葡萄牙的迪亚士发现好望角早71年，比西班牙的哥伦布发现美洲新大陆早90年。郑和以太监之残身，完成了人类航海史上的一桩奇迹，为中华争荣，实在不凡。

（1）哥伦布远航时只有几只小船、三五十人，而郑和远航率几百条船、二三万人。这种悬殊差距说明了什么问题？

（2）世人多知哥伦布发现新大陆，少知郑和发现南部非洲，这实在不公平。你能说明造成这种结果的原因吗？

父命立志终成名

阅读提示

养不教，父之过。中国古代父母们是很重视教子的，后辈们也听从长辈的教诲。这位青年人在与父别离时，父亲一句嘱咐，他铭记在心中；父死后，他遵其嘱师从刘宗周，专心向学，其间纨绔子弟多有诱惑，他未动心，终于学富五车，连皇帝都看中了，要他去做官。他连连摆手，专心著述，后当明遗民，而能以文传世。

讲故事

公元1627年某天一大早，北京宽阔的长安街上，忽然涌出一群吏卒，押送着一名面目清瘦的老者吆喝而来。路旁的柳树下有几名亲朋好友暗暗垂泪，摇头叹息。原来，这位被押送的倜傥老者哪是什么犯人，而是当朝御史黄尊素。他为人正直，为国忠心，是明朝著名的东林党人。因见宦官擅权，熹宗无能，朝政腐败，民怨沸腾，他为国家朝廷的前途而心忧如焚，就冒着生命危险向皇上谏言：立斩奸贼魏忠贤，选贤任能，革新朝政，强国富民。由于熹宗昏庸，结果进谏失败。魏忠贤对黄尊素恨之入骨，将他拘捕入狱，发配千里，于今日押送启程。

一身儒气的黄尊素先生虽然头发散乱，目光却仍然锐气逼人。他心头有恨，愤愤不平，大骂魏忠贤死有余辜。正行走间，忽然迎面扑来一位白面书生，一把抱住黄尊素痛哭不已。原来这是他儿子黄宗羲得到消息后，前来与老父送别。父子相视良久，亲情难割，依依不舍。然而吏卒催喝，临别时黄老嘱咐儿子：不可荒废学业，可师从刘宗周，用心研读古今治乱，学成报国。宗羲连连点头，记下了父亲的话。回寓所后立即打点行装，回老家浙江余姚黄竹浦去了。

黄宗羲生于公元1610年，从小聪明敏捷，喜学好问，却不大爱死记硬背古诗文，也不喜欢做八股文。他爱读的是史学与小说、勇将谋臣、志士仁人。千古风流常吸引得他出神入迷。他14岁考中秀才后到了在北京做官的父亲身边，耳提面命，听父教诲，攻书志识，长进很快，生活也较乡下安定舒适，谁料突然有此不测之祸？

回家以后，黄宗羲秉承父命，立志攻史，每天一早梳漱既毕，就端坐窗下，潜心史籍，直到半夜鸡鸣，方掩卷而息。天天如此，不敢有一点懈怠，结果，两年时间就把家中一千多册书尽行阅览，还认真做下了几大摞笔记心得。每有疑问，他就访师问友，切磋评说，又一起抨击时政，颇有灼见。

不料有一天，远方传来噩耗：凶残的魏忠贤终于没有放过黄尊素，竟派人将他杀死。全家悲痛万分，黄宗羲更是欲哭无泪，发誓要报杀父之仇。他怕自己忘了这深仇大恨，仿效春秋时期吴王夫差警醒自己的话："你忘记勾践杀死父亲了吗？"贴在书房厅堂和必经之处，鞭策自己。两年后，他铤而走险，只身入京，袖中藏着一把锐利的铁锤，想寻机杀死魏家老贼。正巧，明熹宗病死，魏忠贤也被处死了。于是，他上书崇祯皇帝，请求严惩魏贼余党。朝臣们见这个19岁的青年如此敢作敢为，惊诧不已。黄宗羲一时名震京城朝野。

大仇已报，从京城返乡归来，黄宗羲立即去找刘宗周先生，向他学习天文、地理、律历、吏治。刘宗周学识果然渊博，黄宗羲心中甚喜。决心在此提高学识。可不久他发现在此一起求学的官宦家子弟并非真要学问，一个个流连酒肆，放荡声色，就好心加以劝诫，或当面指责。结果引起那帮纨绔子弟的忌恨。黄宗羲知自己管不了别人，但他管得住自己，就从此对那些人敬而远之，专把其中几个操行较好、志同道合的同学找拢来，组织成一个社团，取名叫"复社"。他们在一起争论问题，各抒高见，互相砥砺，远离声色，以在青春时光中多装载知识。这些对成员成才影响很大，后来，复社成为明末规模最大、势力最盛的组织之一，其中不少成员成为著名的学者。黄宗羲是他们中的佼佼者，声名更远播四方。到23岁时，有人向崇祯皇帝推荐他为官，但他看到这位皇帝绝非汉武唐宗，只知享乐，无心国事，便不愿赴任。

公元1644年，中国政治发生重大转折，先是李自成起义军入京，崇祯皇帝吓得在景山老槐树杈上吊死，明王朝灭亡；接着吴三桂引清兵入关，满人建了清国。黄宗羲爱国之心炽烈，竟以一介书生，变卖家产，起兵讨清复明。起义军虽有几千人，可是由于仓促起兵，兵器杂乱，缺少战将，没有作战经验，清兵又十倍于他们，起义军在同敌人周旋作战半年之久后，终因敌强我弱而失败了。起义军大部战死，黄宗羲与部分人退入深山，开展游击战争。后又改姓埋名，隐匿踪迹，藏匿山野。清王朝征召名士时，多次让黄宗羲应征，他硬是不去。康熙大帝亲命两江总督和浙江巡抚以重礼请黄宗羲参加纂修《明史》，他仍至死不从。在后半生中，他教书撰文，不再过问政治。

六十多岁后，黄宗羲积多年心血，完成了《明儒学案》一书。这是我国第一部学术史著作。接着他开始编写《宋元学案》，可惜未能完成，两年后在自己的书房里溘然去世了。

黄宗羲是清代三大著名学者之一。他提出了“以天下为主君为客”的主张，在民主观念上较前人迈进了一大步；还提出了君民共治的设想。他主张工商皆本，批评重农抑商。这也是有眼光的，有利于物资流通和经济发展。黄宗羲遵从父命，一生有成，不枉为此生。

(1)黄宗羲在刘宗周那里与不良子弟划清界限，有必要吗？如果他与这些人同流合污，其结果又怎样？

(2)与黄宗羲志同道合的复社成员后来大都成为著名学者。这应验了一条什么样的朴素真理？

算理乾坤入捷门

阅读提示

有语云：学好数理化，走遍天下都不怕。可数学何其令人头疼。而在一百多年前有一位年轻人在无师释疑、无资料辅导之下，竟啃懂了前人一本又一本数学著述。那些没有字母、公式，全靠文字叙述的数学玄妙何其艰涩？但他还能做到不盲从古人，化繁为简，求便捷之法，达到了当时这方面的世界水平，何其不易！此人还绘出了蒸汽机战舰图纸，若西太后依言大量仿造，恐怕中国近代史要改写了。

讲故事

清嘉庆年间，浙江钱塘一个姓戴的人家里有一双男儿。哥哥戴熙，弟弟戴煦，长大后二人都很有名气。哥哥考中进士，官至兵部尚书；弟弟因不喜欢八股文只考了个秀才，却成了出名的算学家。

戴煦原名邦棣，字鄂士，天性恬淡，沉默稳健，最不喜爱凑热闹，生就了一副科学家的性格，虽然讨厌八股文，却对算学特别爱好，又心思机巧，很有悟性，开始只是凭个人兴趣钻研求索，直到有一年接到哥哥的一封信，才开阔了胸怀，立下大志，要把算学与国家强盛、民族声望联系起来。

那是道光二十年（1840 年）的事情，戴熙在广东做学政。适逢林则徐在广州推行禁烟，戴熙十分拥护，见到辖下的秀才染上烟瘾，必予严办。可后来，无耻的英国强盗强迫清政府将林则徐放逐到新疆，并签订了屈辱的《江宁条约》。戴熙亲眼目睹了英国兵舰的厉害，在痛心疾首之余，写信给弟弟戴煦，说："像你这样有创造力的人，如能把英国战舰用火轮发动的事实搞清楚，中国也造出几条来，就不怕英人了。"

戴煦收到兄长千里之外寄来的这封信后，不敢怠慢，立即将爱好转向机械。可是困难很多，当时欧洲人蒸汽机发明虽有多年，但机器方面的书在中国少得可怜。戴煦也未出洋留学，只能凭少量资料自己苦心研学。他日夜琢磨，一点点推敲，终于弄清了火轮工作的原理及战舰的构造。他把它们详细地描绘出来，著成《船机图说》一书。此时戴煦年仅34岁，可说在当时是中国少有的年轻有为的机械师与兵器工程师。可惜此书问世后，清朝政府并未予以重视，没有下令研制和仿造，朝廷还沉浸在辱国条约带来的短暂安乐之中。

戴煦无力撼动清廷，乃重操旧业，埋头于数学研究之中。他读三国算学家刘徽的《九章算术注》，其中"重差"一卷，唐人李淳风虽有注解，却不详明，于是，戴煦推算了数目，写出了《重差图证》，接着又著了《勾股和较集成》、《四元玉鉴细草》等书。这些著述严谨而通俗，图文并茂，时人都投以惊异的眼光。

后来，他又在算学上迈出了一大步，在简便运算方面作了突出贡献。因为在浩繁的计算中，戴煦深感旧的求对数方法头绪太纷繁，计算太复杂，初学者实难理解，工程设计更添麻烦。他决心删繁就简，创立一种新的简易算法。于是，他在冥思数学大系内部逻辑机关转换的奥妙之后，探旧法之精华，变通衔接，终于创造出新法体例，著成《对数简法》二卷，大大简化了对数求证。接着，他又一气呵成，写下《续对数简法》一卷和《广割圆捷法》一卷，还与朋友李善兰合作修订了《外切密率》。由于这些成就，戴煦一时声名鹊起，誉满神州。人们对这个有才华的青年钦佩不已，都愿和他结交往来。当时有个叫项名达的人，著了很多算学书，名望很高，他的《象数一元》一书尚未完成却一病不起，临死前嘱请戴煦代续。他不负重托，为项达增订补充纂成七卷。

简化运算愈钻愈深，戴煦想在算学通俗化上再迈一步。他又成功地发现了舍八线不用，直接由弧背求八线对数的方法，还用连比开方法，由弧背求45°以外的正弦对数，并将这一规律在《假数测圆》二卷中表述出来。后来，他将自己的四本简化算学合并成《求表捷术》一书，向世人提供便捷之利，影响极大。

《求表捷术》出版后，有两位英国学者艾约瑟和伟烈亚力在上海看到了这本书，钻读之后，大为惊讶，以为中国有此等数学人才实在堪奇，极为佩服。艾约瑟对戴煦仰慕更深，特地到杭州登门求见。可是戴煦因鸦片战争中英国以强欺弱，心中厌恶英人，仇视英国，拒而不见。艾约瑟终究未看见这个中国人是什么模样，心中十分失望。

不过艾约瑟并未生气，也未因此减少对戴煦的崇拜心理，反而更加尊敬他。他回英国后，立即着手翻译。历经两年，闭门谢客，终将《求表捷术》译成英文，在伦敦发行。当时欧洲学者得到这些书后皆甚惊奇，承认戴煦在算学这一领域的领先地位。在那个屈辱的时代，戴煦为中国争来了一份荣誉。

可惜的是，戴煦这位杰出的数学家在政治上却十分幼稚。1860 年，太平天国，李秀成攻进杭州后，戴熙不幸战死。戴煦见哥哥为清国殉难，不胜悲伤，害怕太平军不放过他，竟糊里糊涂地投井自尽。一颗名扬中外的数学名星就这样陨落了，但他留下的遗作是数学王国里的宝贵财富。戴煦在数学上的探索精神将永远激励着后人奋发进取。

(1)清政府不重视戴煦的发明，这说明了一个什么问题？

(2)有人这样说："戴煦不该把《求表捷术》搞出来，因为搞出来后中国用不上，西方翻译去了，有助于他们的发展，反过来攻打中国。"你同意这种说法吗？为什么？

喜笑悲歌耻折腰

阅读提示

写作是苦事，不少人在窗明几净的教室内常为一篇作文绞尽脑汁，下笔艰难。在古代却有这样一位老人，每日为三餐发愁仍能埋头写作，家中连遭变故，先是子丧，继而妻亡，何等悲伤，而他忘却痛苦，坚持写下去，毛边纸撕下一页又一页，终于赶在老命油尽灯枯之前，完成了一生的宏愿，为后人、为中华留下了一部世界名著。他物质上是贫穷的，而在精神富有者《福布斯》的排行榜上，他应是名列前茅的大富翁。

讲故事

在暑假中，许多青少年朋友一遍又一遍地观看根据古典文学名著《西游记》改编的神话电视连续剧，在唐僧师徒四人西天取经九九八十一难濒临与化解的张弛中大悲大喜，送走寂寞而炎热的假期。惊叹欣赏之余，谁都不会忘记四百多年前的那位天才巨笔吴承恩。正是他不畏贫困、奋笔疾书才为我们留下了这份神奇瑰丽的画卷。令人惊奇的是，你若去江苏淮安，还能看到这位大师栩栩如生地站在他的故居里面呢！不过，那是中国科学院脊椎和古人类研究所的科学家们依骨复原的人像杰作，而非那位真正的神话高手。

吴承恩生不逢时。约公元1500年，当他降生之际，家道已经中落，他的曾祖父吴铭曾任浙江余姚训学，祖父吴贞做过浙江仁和教谕。官虽不大，却“两世相继为学官”，吴门还是相当体面的。可到了父亲吴锐时则一代不如一代了，一生从未由科举入仕途。吴锐除保留了一点赏菊的文人雅兴之外，也没什么大本事，只能跟着岳父做点小生意度平民岁月。这吴锐又生性软弱，每遇官府差役来一呼二讹，他只能低声下气、点头哈腰赔小心和加倍地出租赋钱。邻居都把他看作是一个痴人，日常交往亦不敌四邻。儿子吴承恩也连带常受欺凌，被人家笑话为“痴人家儿”。不过，吴承恩与父亲不同，屈辱反而成了他坚强性格的营养剂。他每次在受人欺负、抹干眼泪、抚摸满身青紫之后，咬牙下定决心：要为光耀吴家门第、维护人格尊严而奋力一搏，让人家看看吴家不是好欺的。

在祖父的影响下，吴承恩自幼喜爱读书，而光耀门庭的种子在心中萌发，时刻释放出立志进取的无尽动力。加上“性敏而多慧”，他很快就博览乡里，阅尽收藏。他特别喜爱看古今传奇，为书中的英雄惩邪镇恶、劫富济贫、伸张正义的壮举所激动。当然，《诗》《书》《易》《礼》这些他也习无不精，并参加了科举考试，一举中了秀才。可后来却运气不佳，屡试不第，但他的文笔已名扬淮安，乡人每有题赠、序跋，必请承恩费墨。很多人为他鸣不平，痛疾科举“不求文章中天下，只求文章中考官”的流弊，吴承恩自己也深知，纵有满腹才气而没有金银，也不能打动徇私舞弊的考官。后来，他就不去考了，依然在家乡过着贫困的生活，直到 40 岁时，才被补了个“岁贡生”，可以候选低微官职。但他生性倔犟，“平生不当受人怜，喜笑悲歌气傲然”，并未托人求情向官场伸手。

吴承恩既通文韬，也懂武略，曾为抗击倭寇作出过贡献。那是他四十多岁时，淮安人沈坤中了状元，官至南京国子监祭酒。当时倭寇不断在东南沿海骚扰抢夺，沈坤组织了状元兵（民团）进行抵抗。他常到同乡吴承恩寒舍里与他一起商讨计谋，吴承恩很出了些好主意，结果状元兵连打胜仗，倭寇被击败。可惜吴承恩未得任何嘉奖，仍然是一身穷气。

公元 1550 年，吴承恩在友人劝说之下到北方去了，本想求个一官半职。可他看到的是质朴乡野与混浊朝廷两幅强烈对比的画面。耳闻奸相严嵩专权斥异，黑白倒置；明世宗昏庸可笑，国危而不思治，民怨而不施恩，令多少刚正不阿的忠良痛心疾首。这一切在吴承恩的内心引起强烈的震动，他恨不能借天神力，挥舞一根大棒，除奸诛贼，荡妖涤污，还世道以公正，给百姓以青天。然而，这一切只能在梦中啊！吴承恩内心极为痛苦，可他一名草芥百姓，哪有扭转乾坤之力呢？尔后，吴承恩总算得到了个小官，到外地给知县大老爷作县丞。他想象着施展报国之志，在地方上再现“贞观之治”。可是，在那黑暗而险恶的浊流中，他的小舟怎能到达理想的彼岸呢？为官期间，他孤独、苦闷、彷徨。一年多以后，在失望与屈辱等多种因素的打击下，他“耻于折腰”，遂拂袖而归。短暂的官场生涯结束了。远离了官场的风浪，却未必能平静胸中的波澜，还乡后的吴承恩精神上对官僚统治的讨伐一刻也没停止过。他决心用一支狼毫，写出心中的积愤，圆一场自己做了多年的荡妖美梦。于是他在乡下专心著述起来。他每日里与日共作，与月共息，在那张破旧的书案上全神贯注，奋笔疾书，写下了一页又一页。床上、衣箱上摆满了一摞又一摞的书稿。而此时家中生活更加艰难，经常是吃了上顿没下顿。严冬来临，空空荡荡的寒舍无法御寒，可吴承恩仍然沉浸在写作激情中，有时喝完一碗野蒿汤，放下碗筷，撩起破衫往凳子上一坐，又写开了。在写作中，他忘却了痛苦，忘却了寒冷，忘却了人间。眼望着书稿在一天天增厚，那张头发蓬乱的瘦脸上渐渐地露出了欣慰的笑容。

正当吴承恩在神话世界中笔耕不止之际，天灾人祸突然降临，他唯一的儿子凤毛突然夭折了。老年丧子之痛给他致命一击。他饮酒了，常以家什换得一壶酒在店中发呆闷饮。然而，还未待他苍心得痛，竟又遭一劫：相依为命的妻子叶氏又先他而去……

吴承恩更加衰老了，但是顽强的意志支撑着他那把老骨头，要遂那心中的目标。他强忍悲痛，又拿起那支沉重的笔，接着写下去，写啊，写啊，孙悟空扫荡了一处处妖魔，唐僧闯过了一道道难关。寒暑易节，他终于完成了书稿，唐僧师徒最后到达西天，中国文学史上第一部长篇神话小说《西游记》诞生了。全书共120回，吴承恩成功地塑造了唐僧、孙悟空、猪八戒和沙和尚等活生生的形象，通过他们一路上与妖魔鬼怪斗争，以幻想的形式，曲折地反映和歌颂了劳动人民反抗邪恶的斗争精神，成为中国古代四大名著之一。这位耻于向权贵折腰的老人没有向悲苦折腰，在人生之旅结束前终于完成了一件前无古人的事业。

(1)古人说：“无冥冥之志者无昭昭之明，无惛惛之事者无赫赫之功。”只有脚踏实地，聚精会神去努力，才能使理想之帆到达胜利的彼岸。请你说一说，吴承恩的一生是如何证明了这一简单的真理的？

(2)有人说：“吴承恩贫困怪他自己，他有两次做官的机会，却都被他自己错过了。”这种说法正确吗？如果不是这样，那他弃官不做又是为什么？